在裡面也在外面

蘇善讀評兒童文學

蘇善———著

目次

卷三　兒歌與童詩

自序：
始終文本

　　這一本集子分做三卷，為了配合發表刊物的版面，單篇字數多在一千五百字左右，卷一為插畫家訪問，始於澳洲繪本作家葛瑞米・貝斯（Graeme Base），連同八位國內插畫家，合計九篇，列入《國語日報・兒童文學版》的「插畫家的天空」專欄裡。陸續寫就的小評則不定期刊登，即卷二的「作家與主題」，乃課堂講授內容梗要，做為學生閱讀與討論的作業範本。再者，「島」與「機器人」是我一向關注的研究與創作主題，既有概論也予以細究。

　　卷三全為兒歌與童詩相關的評論，其中的〈兒歌詩不詩？〉蒙蘇紹連老師邀稿，刊登於《吹鼓吹詩論壇29號歌詞創作專輯》；〈行間字裡讀童詩——兼論《紅色小火車》與《跟太陽玩》的圖文關係〉為「政府出版品資訊網」而寫，除了分析詩人的文字風格，也抓出插畫的各自意圖；〈林良童詩中的口語與詩意——以《沙發》與《蝸牛》為例〉乃向兒童文學領航者林良先生致敬；〈探析楊喚與蓉子的童話詩國度〉則回頭審度台灣童詩創作先驅的童話詩書寫；而期刊論文〈童詩集的表現形式〉，由〈童詩也想「字」己說話——談童詩繪本化〉（發表於2014年2月9日《國語日報・兒童文學版》）擴充而成，已於華藝線上圖書館提供借閱，此處省略中文摘要、英文摘要與參考書目，該文論及單篇童詩兼及童話詩乃至小說詩，亦標誌了自己的童詩試寫軌跡，另一篇〈在裡面也在外面

——我的童話詩創作〉乃2016年7月10日在齊東詩社演講的內容整理，此番補上出版後續。另外，跨越語言藩籬，重讀與深究日本金子美鈴與谷川俊太郎的作品，比較原文與譯文，別有趣味；進而搜尋新世代語彙，透過〈童詩大小眼：以《五個媽媽》與《想和你一起曬太陽》為例〉將目光轉向現下的童詩創作與發表場域，看它似乎限縮卻又兀自茁茁，其景況，或許不好也不壞。

　　筆者亦創作亦評論，並不特別倚重文學理論，始終皆以文本為主，細究敘事技巧，若是單篇作品，則探看其形式與內容是否互相幫襯；若是同一作家，則歸納其個人風格與偏好，可有慣用之敘事模式？可有突破之嘗試；若為單一主題，則分歷時與共時兩條軸線，窺其流變，察其端倪，因此，透過這些評論文字，或能嗅聞出版環境的風色以及個人關注的議題。

　　這些文字，有時先行發表於平面或電子媒體，再用做課堂教學，有時則是授課內容統整而成，皆為研究與評論示範，譬如作家研究，如何在書海中尋覓值得關注的作家？然後進一步掌握作家的特色？又譬如主題研究，如何過濾可讀性高的文本？接著篩選出可用的文本？凡此種種，公私兩「變」，雙向融通，如何兼顧出版潮流與個人閱見？如何在有限的篇幅之內點出關鍵？此外，這些評論旨在敲點，舉要構形，可以據此再做不同面向與程度的展延與討論。

　　讀評大費神思，每令筆者伏案良久，有時連篇，寫來暢快；有時累牘，反覆咀嚼，都經再三琢磨，特別感謝《國語日報》素真編輯的厚愛，以及諸位受訪的插畫家與繪本作家各抒己見，更感謝秀威少年惠賜出版機會。

蘇善2022年2月定稿

卷一　插畫家與繪本

框住絢麗與細節
——葛瑞米‧貝斯的圖文盛宴

刊於2016年4月3日《國語日報‧兒童文學版》

　　享譽國際的澳洲繪本作家葛瑞米‧貝斯（Graeme Base, 1958- ）三月初首次訪問台灣，除了與媒體茶敘，也蒞臨國家圖書館演講，與大小讀者分享他的生活與創作。

　　葛瑞米在1986年出版字母書《動物狂想曲》，立即攫獲讀者目光，三十餘年來，著作與成績同樣豐碩，目前中文譯本有四冊，包括《阿吉的許願鼓》、《阿諾的花園》、《來喝水吧！》與《航海小英雄》，無一不是描繪絢爛，畫面繁麗，引人遍視細節。

小數字，大思考

　　童書市場上，數數繪本繁多，通常運用水果或蔬菜等等生活物件，背景單調，筆觸簡潔，葛瑞米的數數繪本卻不同，他將讀者帶入深奧森林，《來喝水吧！》是順著數，動物越來越多，水量越來越少；《阿諾的花園》則是倒著數，動物與植物越來越少，人和房子越來越多。前者用一個水池象徵「水資源」，後者闢建一座城市，直指「生態平衡」。如果只讀表面，可以讓幼兒扳起指頭、瞪大眼珠，口中數數，在書頁之間反覆搜尋；若是再多咀嚼，較大的孩子甚至成人

便可發覺數量增減別有意涵，進而思考萬物與環境的關係。

　　葛瑞米的繪本尺寸大都厚重，加上挖空與拉頁，書本變成紙上遊戲場，既是鼓勵父母為孩子朗讀，也是邀請兒童趴在頁面上，玩一玩「捉迷藏」，找到什麼就是什麼，至於藏匿其中的隱喻或議題，也許反覆閱讀才能察覺，也許年紀漸長才能領略，無妨！葛瑞米表示：「好繪本多層次，耐看、耐讀，置入環境議題雖是刻意，相較於大聲說教，我寧願它隱藏在數字背後，傳達一個希望，畢竟，環境正在急遽改變，我們必須和孩子一起思索解決之道。」

框裡框外都有「視」界

　　本本有「框」是葛瑞米的繪本特色之一，框內，不論人物或背景，上上下下，處處展現華麗的細節，是一幅藝術作品，譬如在《阿吉的許願鼓》中，動物計較美醜，透過顏色、條紋、與斑點，葛瑞米恣意揮灑畫筆，讓動物各具丰姿，但是隱含著「本色最美」；破了框，世界延伸，探向框外，或遠或近，譬如《航海小英雄》，往來虛實，穿梭紙頁之際，感染上故事的魔力，乘著想像，遨遊在葛瑞米筆下描摹的航程。

　　然而，葛瑞米透露，《阿吉的許願鼓》其實觸及「霸凌」，有些淡淡傷痛，因此，他讓動物當主角，並不正面觸及敏感話題甚或隱射；《航海小英雄》中的海上旅行則是真實經歷，讓他把幼時舉家從英國移居澳洲的記憶刻劃出來。相較於一般童話提供令人安心的「快樂結局」，葛瑞米傾向留下謎團，譬如《阿吉的許願鼓》中，真的是「鼓聲」施咒嗎？又譬如《阿諾的花園》裡，若將「噴鼻豬」看做平衡指標，那麼，故事末尾，噴鼻豬仍然下落不明，是否暗示環境復原時間將會拉長？人類世代必須持續努力？

讀出故事的韻味

　　故事夾著故事，加上立體而逼近的畫面，這個需要斟酌，那個也需要推敲，葛瑞米讓圖文交疊，製造複調，交由讀者詮釋。譬如《航海小英雄》的「書中書」不禁教人提問：這一場冒險究竟是假是真？儘管媽媽準備的「一百頂船長帽」可能是線索，虛實卻未全然揭露。

　　換句話說，故事真真假假，旨在迷人，留謎是葛瑞米的技法之一，以韻文敘述故事則是另一個特色，譬如《我的奶奶住在古里古奇》以及《第十一小時：一個怪謎》兩個故事，以押韻對句寫就；暢銷字母書《動物狂想曲》當中的「頭韻」更成為該書的亮點與賣點。儘管韻文翻譯考驗譯者，葛瑞米表示，他習慣在作品完成之後大聲朗讀，檢視並且享受韻文的節奏。

　　葛瑞米的繪本出版歷程頗為順遂，謙稱幸運的他其實是不斷從生活以及旅途中捕捉靈感，譬如台灣之行，或許可能促使台灣黑熊或雲豹成為新作的主角。此外，不論動物或幻獸，不論實景或異境，拍照、速寫、研讀、踏查皆不能偏廢，葛瑞米強調：「下足苦功，才有好運。」那麼，在競爭越形激烈的童書出版市場，如何保持創作熱忱與動力呢？葛瑞米指著「自己」說道：「創作，首先要為自己，為心裡的那個小孩，故事主角都是他，也都是自己，享受創作過程，相信自己的能力，作品便會日漸熟成。」

請問蔡兆倫與九子：
「插畫是創作繪本的橋梁嗎？」

刊於2016年5月4日《國語日報‧兒童文學版》

　　十幾年來，台灣童書市場猶如翻譯書海，美日作品浩瀚，法國與德國繪本漸漸增多，東南亞各國也接力登台，讀者沐浴在多元文化的薰陶之下。消極地說，本土文字創作受到擠壓，少年小說與童詩的出版量一直偏低；從積極面來看，本土橋梁書與繪本卻日漸成熟，連帶培養出一群插畫家，成績亮眼，揚名國際。譬如2016年波隆那插畫展，台灣有七位插畫家入選，其中，筆名「九子」的黃鈴馨以《亞斯國王的新衣》中的插畫入選，蔡兆倫則以《看不見》獲得拉加茲童書獎。四月初，蔡兆倫與九子代表台灣的插畫家前往波隆那，除了領獎，此行也觀摩不少插畫佳作。對於作品比較，蔡兆倫說：「台灣的插畫作品毫無遜色。」對於競賽結果，九子則企盼：「來年，入選的台灣插畫家都可以一起同行。」

插畫，拿捏質與量

　　蔡兆倫表示，報社的美編工作容許他嘗試不同畫風，經驗累積漸多之後，重新為舊作換上新貌，獲獎驚喜連連，除了信心大增，「慢工」的自我要求隨之而來；同樣的，九子將描繪標本的精神發

揮到《亞斯國王的新衣》中，使「甲蟲」變成迷人的圖像元素，也開始琢磨插畫的揮灑空間。然而，在現實與理想較勁之下，約稿不論多少都有壓力，質與量的拿捏關乎時間，也就關乎經濟原則以及收入多寡，蔡兆倫漸漸以健康因素衡量，九子則偏向玩味，她說：若與故事「合拍」，畫起來更會興致盎然。

繪本，等故事醞釀

在第一本繪本《我睡不著》當中，蔡兆倫融合手繪與拼貼，讓平面與立體並置，光影明暗效果也是亮點，這個技巧被挪用到《看不見》一書中，以黑色為底，代表外在環境充滿未知，隱喻危險，以白色勾勒人物，凸顯內心的驚惶，文字忽大忽小帶著情緒張力，情節簡單但意味深長。九子尚無自己的繪本作品，但是，插畫作品逐漸增加，獲獎變成契機，她透露：「出版社已經來邀書了」，然而，她也坦承：「故事還卡在腦袋裡。」九子則努力從生活中發掘題材，先從熟悉的圖像物件下手，讓「毛孩兒」當主角，或許是一種選擇。

談及插畫家與繪本作家的差異，蔡兆倫認為：「創作繪本的實驗性很強，自主性很高。圖文關係複雜，各有功能，當圖能夠清楚表現時，就不需要文字敘述；適合用文字表達的部分，圖像可以不必重複。圖文比例，只要能適當傳達主題意識即可。」九子也從經驗中歸納與發現：譬如文化繪本，解說性的文字比較多，畫面安排頗費心思，考慮圖畫的準確性，揮灑受限，相對地，繪本可以添加圖像元件，讓故事更加豐富。

文圖合力完成

國內的繪本市場看似蓬勃，但新書以知識繪本與文化繪本居多，其中，專為幼兒製作的繪本可謂一枝獨秀。那麼，如何觀察創作環境？找到自己的方向呢？蔡兆倫建議：參加講座，瞭解市場趨勢，這是汲取他人經驗精華的捷徑之一。九子則傾向多多研究作品，欣賞不同的畫風，進而嘗試運用不同的表現技巧。

的確，插畫不單單呈現「可愛」、「繽紛」，「字少少的」未必等於優質繪本，《野獸國》一書的莫里斯‧桑達克便為插畫與繪本的創作找出兩個重點：「無縫」（seamlessness）與「照亮」（illumination）。就插畫而言，圖畫的功能性較強，必須為故事畫出亮點；若以繪本來說，故事性與藝術性得要更加講究，作品本身才能完整而獨立。也就是說，圖文合奏，以圖像「畫」出一半，還得用文字把另外一半「寫」出來，其挑戰性當然不止雙倍而已。

請問王書曼：
「為什麼要畫不一樣？」

刊於2017年5月21日《國語日報‧兒童文學版》

　　插畫家王書曼為繪本《火燒厝》繪製的一系列插畫，入選2016「波隆那插畫展」（Bologna Illustrators Exhibition），也再度為她贏得2016年度「好書大家讀」的優秀插畫家頭銜。除了繪本，王書曼為不少橋梁書與小說繪製插畫，讓圖像在不同故事當中演出，時而旁白，時而躍升主導，十分搶眼。

　　為了詮釋文本，插畫家王書曼處理了許多「反差」：在單一故事中，可能是角色，譬如《金魚路燈的邀請》裡的老藍貓與小黑貓；在橋梁書中，可能是場景，譬如《想不到的畫》裡，海面顏色變化標註著時間的差異；若在繪本，便可能是整本書的調性，譬如《我們都是「蜴」術家》用色繽紛且明亮，形塑各有擅長的「蜴」術家，至於記憶童年的《火燒厝》，則呈現暈黃與昏暗，扣住死亡主題，也凸顯了傳統「紙厝」給人的強烈印象。

寫實與想像的反差

　　一開始，準備工夫就要下足，因此，「找資料是必要的。」王書曼說：「如果遇到需要考據的畫面或題材，收集資料就會花掉很

多時間。」於是，《首席大提琴》當中，小提琴的製作過程得親眼
所見，交響樂團的臨場感也要親耳聆聽。至於《火燒厝》當中的紙
紮屋技藝，由於地域習俗有別，為了「拜天公」製作的「天公座」
或是「中元夜」所需的「水燈」也都是王書曼南北踏查得出的重要
細節。

　　相較之下，「擬人技法的描繪，是最自由的時刻，」王書曼
說：「只要靠著想像力，想怎麼畫就怎麼畫。」所以，《流星沒有
耳朵》裡，不同編號的流星有了不同的面貌；《小小猴找朋友》
裡，「秋天的女孩」像風又像魚，揉合虛實的情境交織，得以透過
畫筆具現出來。

時間與空間的反差

　　參酌的資料之外，生活風景也會帶入畫中。以《爺爺的散步道》
為例，王書曼說：「故事裡有一條好長好長、長滿老榕樹的綠色隧
道，因此，繪製繪本之前，拜訪了很多榕樹，也拍了許多照片。」
其中的時空推移，則藉由季節轉換與人物的外觀變化疊合起來，亦
即：小嬰兒長成小男孩，爺爺的皺紋、白髮與病痛，以及小黃狗長
成大黃狗，描繪爺孫之間生活與情感的聯繫。

　　除了角色反差，訴求不同，畫風互異，譬如，《我們都是
「蜴」術家》強調「可愛」，是為了低幼的小讀者；而《金魚路燈
的邀請》偏向溫馨路線，刻劃「貓」情即「人」情，傳達「相見」
之歡，也隱含「別離」之傷。因此，王書曼總是「讓自己走進故事
裡」，一被感動就會「哭得唏哩嘩啦」，然後，哭完了，擦乾眼淚
鼻涕，繼續拿起畫筆！

小說與橋梁書的反差

　　以插畫比例來說，幾萬字的小說可能只需要一張封面，譬如《黑鳥湖畔的女巫》，乃以書名做為發想起點；而橋梁書，往往一翻頁便有圖像佐文，譬如，一百四十頁的篇幅，配圖少則七十幅，甚至上百，工時漫長。前者挑戰詮釋力，所以王書曼必須挑出「主角和場景的所有描述，以免與內容不符。」而後者，考驗體力與原創力，總讓王書曼一畫完這本就想在下一本換個嶄新的筆觸，不讓讀者一眼就辨識出來。

　　因此，談及「風格」之時，王書曼分析，系列之作有沿用人物造型與場景的「便利」，卻也可能是拘限，文字作者通常會加入新點子，配圖也要跟上，從格式中找到突破才行。至於單冊的繪本，除了構畫故事本身的獨特氛圍，她更希望在個人的技法上求新、求變，一方面修正，另一方面多多實驗、嘗試，探索圖像敘事的可能。

　　曾經在2006年、2015年與2016年三度入選「波隆那插畫展」，王書曼表示，如果有合適的新作，而時間也允許，未來仍會繼續投件，與各國插畫高手一同競逐，因為，「故事類」（fiction）要求五張串聯的組圖，頗具挑戰，可以嘗試不同的主題與技法，若能再拓展或延伸，或可成為一本獨立創作。

　　不過，插畫的交稿壓力一直都在，促使王書曼從手工繪圖「進步」到電腦繪圖，想把每一本書都畫得不一樣，對此，王書曼坦白說：「興趣就是工作，很好但是很恐怖，因為太投入，往往一畫就是幾個小時！」

李如青說：

「找到迷人的主題。」

刊於2017年7月2日《國語日報‧兒童文學版》

　　近來，童書市場普遍訴求「小」、「可愛」，亦即，主攻低幼讀者，畫風偏向柔美，然而，擅長以大場面表現時代大主題的李如青卻常常推出新作且屢屢得獎，除了以作品《那魯》、《紋山》與《拐杖狗》三度獲得「金鼎獎——兒童及少年圖畫書類最佳圖畫書」，個人也在2010年及2012獲得「好書大家讀——年度最優秀畫家大獎」以及2015年「金鼎獎——圖書類個人獎：圖書插畫獎」，如此殊異的成績，可有拿手祕訣？

捷徑之一：犬馬之「心」

　　若就故事主角來看，李如青描繪了不少動物，包括雲豹、信鴿與軍犬等等，也有傳說中的「飛馬」以及神祕的「龍駝」，譬如忠於職守的狼犬「巧克力」以及喞著拐杖尋找「老伴」的流浪犬，而做為反襯的，是《雄獅堡最後的衛兵》當中的戰地廢墟以及《拐杖狗》當中冷漠的市街，更加凸顯時局變遷之下不變的狗「心」、狗「行」。

　　換個角度來看，著墨於「犬馬之報」，其實要強調人與動物之

間的信賴與依存，或戰時，或日常，在在對比出人性傲慢。李如青坦白，愛狗、愛馬、愛畫畫，都算是他的「迷痴」，打磨興趣，也就漸漸練成擅長。

捷徑之二：過「海」飄「洋」

出生在金門的李如青，戰地記憶從《不能靠近的天堂》延伸到《禁區》，圖像難以交代的，就用散文再多說一些，貫穿兩書的意象都是「鐵絲網」，而「鐵絲網」隔開「天堂」與「禁區」，箇中悲諷，從書名可窺端倪。

除了屢見古今戰爭與沙場英雄，李如青也時常以畫筆描繪海洋，因為海洋是離鄉與返家之路，其感受相當深刻。單在《禁區》一書中，海上瀰霧，洋上飛雲，海的顏色，也分晨昏，但是他說：「海洋最難畫，因為變幻莫測。」

也就是說，個人的生命歷程孕育了故事，結交友朋也會激發創作靈感，譬如，李如青用《旗魚王》記錄一次海上驚奇，叫人見識到長鏢獵魚，也側寫了尊敬海洋的「勇士對決」傳統，透過繪本，海洋保育議題獲得更多關注，因此集結了更多海上勇士。

另闢蹊徑：跳「牆」

創作歷程中，撞牆難免，李如青承認：在看過英諾桑提（Roberto Innocenti）的《百年之家》以及約克・米勒（Jorg Muller）的《挖土機年年作響》之後，他自認無法超越，必須將點子捨棄。然而，不用固定視角，加入奇幻元素，反倒讓《牆》綿延，跨越了界限。

　　對此，李如青興奮地解說他的創意：意象從封面的娃兒玩積木開始堆疊，故事從蝴蝶頁上的隱「姓」埋「名」的磚塊以及足跡慢慢進行，時間改變空間，牆的樣貌隨著人類文明演化，春秋更迭，陸上恐龍不見了，牆垛傾圮，空中卻出現飛鯊與飛豚，版權頁上，那一朵奇異的花兒再度出現，但是，人呢？李如青說：「繪本要藏，要讓孩子自己去發現。」

最厲害的一招：「紙」演電影

　　由於曾經任職廣告公司，李如青善於運用鏡頭語言，鏡頭拉遠一些，譬如《紋山》當中炸開山壁，描繪了山勢之「峻」與開路好漢處境之「險」；又譬如《勇12──戰鴿的故事》用海上砲戰凸顯了小小信鴿身負重任。

　　鏡頭拉近一些，便見《小旗手》當中千軍騎萬馬，可以預見下一瞬的廝殺；再拉近一些，《雄獅堡最後的衛兵》當中，流浪狗群起圍攻的場面，其凶狠、其咆哮，猶在目前。

　　甚至，不用一字半語，也能透過鏡頭營造動感，或者帶出旋律與聲音，對此，李如青十分開心地提到：插畫前輩鄭明進老師曾經褒讚《拐杖狗》充滿各種聲音，有緊張的救護車響笛、有馬祖遶境的熱鬧、有心焦的求救狂吠等等，也容許讀者用不同的聲音各自敘述。

勇士之間的情感鋼絲

　　綜觀之，李如青慣用大場面縮小角色，是景仰天地；常以動物視角觀看人間，因眾生平等。透過將軍愛駒、士兵養犬、勇士獵

魚、老人拾狗等等角色之間的互動，勾勒出陽剛之情，李如青說：
「這是英雄惜英雄啊！」

　　儘管作品少見女性角色，李如青表示，因為他更擅長小孩語言，正如《小旗手》所演示的，「給媽媽做裁縫」不僅僅只是牧童的「懸念」，也為故事製造了高潮。

請問王春子：
「拉頁如何作用？」

刊於2017年9月17日《國語日報‧兒童文學版》

在紙本書與電子書較勁之時，讓圖像或畫面動起來，可謂科技擅場，相較之下，紙本書的立體效果大抵停留在「洞洞書」或「翻翻書」，主要訴求低幼讀者的手眼協調，不過，為了滿足好奇心，並且打破或超越頁面的限制，置入「拉頁」則是常見的手法。以王春子的《媽媽在哪裡？》與《雲豹的屋頂》為例，兩書筆觸不同，虛實交融，拉頁一橫一直，卻同樣能把閱讀情緒拉到最高點，讓讀者在翻動紙張時反覆感「觸」，並且大開「眼」界。

水平拉頁：幫故事打一個蝴蝶結

身分轉變做為契機，加上編輯的一句詢問，王春子把成為母親之後的體會與親子日常畫成《媽媽在哪裡？》一書，故事中，以注音符號敲打的聲響是線索，讀者往往會跟著頁面上的孩子發問：「在哪裡」以及「做什麼」，但是，「畫」分兩頭，除了同時側寫「媽媽」的「工作」樣貌，兩條故事線如何收攏？王春子表示：「拉頁放在中間，是給故事一個結局，但也希望親子共讀，可以自行延伸更多的場景與對話。」

垂直拉頁：讓動物一起遊戲的天堂

　　左右翻頁的《媽媽在哪裡？》仿擬兒童的塗鴉筆觸，採用問答的口吻，以色彩區別了真實與想像，相較之下，《雲豹的屋頂》是上下掀開式的翻頁，拉頁也是垂直向下，出現在倒數第四頁，王春子解釋，隨著動物角色陸續出現，末尾的「拉頁」好比「高潮」，讓所有角色聚集在一起，也讓「屋頂」變為「森林」，亦即，熟悉的場景變得陌生，變成了純粹的「想像空間」。王春子認為，在台灣的景觀文化裡，雖然仿製之習常被詬病，屋頂加蓋的多樣貌其實也有其功能性與美感考量。

第一個讀者，最棒的說書人

　　回到繪本的形式與內容，《雲豹的屋頂》觸及一個較少被關注的主題，大多是描述與旁敘，字體較小也沒有注音，那麼，孩子有能力自行閱讀嗎？王春子以自己為孩子朗讀的經驗來說，她認為，孩子首先看到的是圖畫，一幕幕宛如電影，大人的朗讀便像是配樂，她說：成套的漫畫讀過了，厚厚的小說也讀過了，更何況是繪本，因此，王春子建議：「每天晚上為孩子唸故事，不要覺得辛苦喔！」

　　事實上，在創作《雲豹的屋頂》的過程中，王春子早就把故事唸給孩子聽了，隨著工作進度，一次讀一點，能不能勾起孩子的興趣？再讀一點，孩子懂不懂故事呢？也就是說，孩子是修正故事內容與文字的「參謀」，而當繪本出版之後，孩子也成了最熟悉故事的「代言人」，把媽媽的創作帶進教室裡，朗讀給同學聽，然後把迴響帶給她：「同學們很喜歡妳的故事喔！」

先寫文字再配圖

在《媽媽在哪裡？》一書中，水平拉頁串接時間，聯結日與夜；而《雲豹的屋頂》當中，垂直拉頁營造奇異空間，將大廈與森林揉合為「水泥叢林」，隱喻城市也有活絡的生命脈動。那麼，下一本書還會有拉頁嗎？王春子解釋，拉頁並非刻意，而是隨著故事來呈現，作者只管丟出創意！不過，視覺傳達設計出身的王春子十分在意的是：圖像說了什麼？因此，王春子的創作歷程通常是：先寫好故事的文字，再來配圖。

然而，故事定形之前，往往需要建言，王春子說：「我會一次準備五、六個主題，接著，找編輯聊天去！」亦即，透過討論，先行篩選可以執行的主題，因為這些構想都是自己覺得有趣的，因此，一旦投入，便會開始蒐集大量資料或者購買參考書籍，統整之後，考慮小讀者的需求，進行取捨，王春子說，這樣的歷程，對於自己而言，十分珍貴，她便摘錄部分附在書末的「後記」，記錄了繪本的發想動機。

除了散文與小說的插畫工作，王春子希望將更多心力投注於繪本，她說：「創作繪本比較像是在創造一個世界，因為，在讀一個故事的時候，會希望它是跟現實拉開一點距離的。」王春子的新作已經在細細打磨當中，預計何時推出呢？她坦言：「未定。」因為，《媽媽在哪裡？》孕育了數年，《雲豹的屋頂》之繪製也花費好幾年哪！

劉旭恭說：

「創作超越不自由。」

刊於2017年12月24日《國語日報・兒童文學版》

　　劉旭恭的繪本屢屢獲獎，好評不斷，2015年入選義大利「波隆那兒童書展」插畫獎，《只有一個學生的學校》入圍第四屆「豐子愷兒童圖畫書獎」，2017年再以《你看看你，把這裡弄得這麼亂！》榮獲第四十一屆「金鼎獎圖書類出版獎：兒童及少年圖書獎」，透過小小的「亂」象描繪人我與環境課題。

　　由於理工科的學歷與工作經驗，儘管劉旭恭加入「圖畫書俱樂部」深耕繪本創作已有二十年之久，迄今仍然常常會被問到：「如何從業餘變專業？」因此感到氣憤嗎？劉旭恭腆笑回答：「不會啊！因為，永遠都在開始做繪本啊！」

用色：調到滿意為止

　　這一句「永遠都在開始做繪本」，指的是「用色」，譬如，在《小紙船》當中，河流是藍紫色，渲淡一些，形成水紋；在《大家來送禮》一書裡，藍紫色更深更厚，混入黑色，湖泊因此有了深度。兩個故事皆以金黃色對比，可以做為背景，把故事的調子溫暖起來，也可以點出動態，塗上魚身，一隻隻看來鮮活。所以，有顏

色偏好嗎？劉旭恭坦承：「我喜歡藍、橘。」

　　劉旭恭曾經學習電腦繪圖，不過，一遇到用色，就陷入選擇困境，因此，劉旭恭決定回到調色盤上，一次又一次調色，「試到滿意為止！」劉旭恭說道：「每本創作都會用一個設定來挑戰自己，譬如《到烏龜國去》在挑戰雙色，以黑黃構畫。」加上白色以及留白，烏龜國的時空顯得暈黃卻寬曠，兩個「老」角色，亦即烏龜和兔子，合演一個化外之「話」，童話因此有了「新」敘事。

敘事：不要落入平庸

　　相較於《到烏龜國去》所呈現的明淨、安穩與撫慰，《車票去哪裡了？》則混用藍、白、橘、黑，以粗獷、以速度、以紊亂製造緊湊的氛圍，做為書名的那一句話掛著一個懸念，戲劇效果十足，然而，劉旭恭拿出最先設計的草稿解釋，故事原貌本來傾向於「無為」，想要傳達的是：「生活中蘊藏靈感，藉由一個小物就能跨進想像空間」。此一技法，果然早已充分展演，譬如《橘色的馬》，靠著半張照片尋找兄弟，而在《五百羅漢・交通平安》當中，故事的發想點則是一張「平安符」，劉旭恭用它穿越了時間，亦輕亦重的，點出宗教與生命議題。

　　這種運用「一句話」、「一個小物」以及「反覆」的敘事模式，不時出現在劉旭恭的作品裡，譬如《好想吃榴槤》以及《請問一下，踩得到底嗎？》，兩者的背景與角色都相當單純，故事線平緩；《你看看你，把這裡弄得這麼亂！》則是繽紛多彩，視角拉高，空間擴大，細節變多變小，一句話的反覆出現，卻把「重疊」改成「串接」，並且返回，構成一個「環」，從輕鬆帶出嚴肅，小題大作。相較之下，《車票去哪裡了？》的故事線不斷纏繞，上山

下海，虛實交融，足見劉旭恭努力突破自我，他說：「很怕模式太固定，很怕故事落入平庸。」

創作：超越「不自由」

　　為了專注於繪本創作，劉旭恭幾乎不接插畫邀約，但是持續進行著繪本教學、演講以及報刊小專欄，一邊陪伴孩子閱讀，一邊觀察當前的童書出版現況，劉旭恭不免懷疑：「是不是過於商業化？」也同時針對繪本向自己提問：「只能做到這樣嗎？」

　　也就是說，「永遠都在開始做繪本」，更關乎「敘事」，為了下一本作品，劉旭恭總在「想構圖、想造型」，畫很多草圖，淘汰很多畫面，如此執念與戮力，讓劉旭恭的繪本以「故事」見長，多層次、多面向：有緩慢的旅行，脫離常軌；有傻勁的追尋，溢滿熱情；也有稀鬆日常，充滿趣味與機靈；教育窘境，則以《只有一個學生的學校》來概括。

　　劉旭恭手邊往往有新舊作品等待「處理」，有時作品「卡」作品，有時是「創作、出版、宣傳」的循環「卡」住日常，偶生倦怠，偶遇挫折，畢竟，「在創作的一端，不用顧慮太多，到了編輯與出版的一端，卻可能會被改得太『安全』。」對此，劉旭恭其實十分明白，因為：「創作的『不自由』，來自於自我要求越來越高，也就越做越慢啊！」

林小杯說：
「無法分類，很好哇！」

刊於2018年3月4日《國語日報‧兒童文學版》

　　林小杯偏好手繪，鉛筆、水彩、麥克筆與電腦並用，常常讓電腦幫忙做拼貼或版畫，她說：「用電腦繪圖，會很想消除髒點，但是那麼乾淨要幹嘛呢？保留掃描而來的手繪痕跡也挺有質感啊！」至於工作模式，林小杯以兒歌插畫為例說明：「如果內容是教材，就會先和編輯討論草圖，抓住要點，避開危險畫面，偶爾會挑戰尺度。」

速度變慢，考慮更多

　　回顧自己的創作與歷程，林小杯說：「最大的改變，是速度變慢吧。」為什麼？「因為要考慮的層面更多了。」林小杯表示，如果以前的經濟能力許可，可能過濾一些不想接的案子，現在仍以自己的創作優先，若是碰到新鮮的邀約，就會很想嘗試。」譬如《宇宙掉了一顆牙》，林小杯借用黑膠唱片的概念，捨棄精裝，把繪本做成平裝書，收進一個特別設計的封套裡也附上一個小瓶，讓「乳牙掉了」以及「收藏記憶」的經驗，從故事延伸到讀者的真實生活。

　　林小杯的詮釋功力更在內頁插畫展現：連續四幅滿版內頁是序曲，把天空、海洋、地球與記憶的顏色串在一起；故事進行之際，頁面由橫轉直，近距離視角隨之拉高、拉遠；接著，四個右側展開頁分別描繪故事實境與夢裡宇宙，展演父子的感官世界；末尾，縮小人物，對比夜空，以手繪、以拼貼，藍曬效果，或深或淺，看似有度卻是無垠。《宇宙掉了一顆牙》拿下2017年第41屆金鼎獎「圖書插畫獎」，林小杯表示：雖為個人獎項，但它是「頒給這本書的一個獎，因為在繪本裡，圖畫不會是單獨存在的。」

享受故事，回到創作

　　隨著繪本跨界，林小杯也帶著故事體驗更新鮮的共演，譬如《喀噠喀噠喀噠》，創作起始點是「舊物新用」的發想，迴響連連，該書不僅獲得2016年第四屆豐子愷兒童圖畫書獎首獎，「NSO國家交響樂團」也將它譜成新曲、演奏，在音樂會中搭配動畫，由林小杯為「國家音樂廳」現場的觀眾說書。故事裡便不再只有單一的「喀噠、喀噠」，而是裁縫車與樂器交響了！

　　接著，《喀噠喀噠喀噠》搬上「台中國家歌劇院」，林小杯負責說故事，工作夥伴則是再現故事情境，搬來裁縫車，讓小觀眾親睹裁縫車的翻新技藝，同時打開五官，感受劇場的空間魔法。如此龐大「陣仗」，只為了「說一個故事」嗎？林小杯解釋，不想回答教養問題、教做手工書或勞作，林小杯比較喜歡分享創作過程，也更樂意和孩子們一起浸浴在故事的氛圍裡。她說：「創作者無論如何都要回到創作本身。」

童稚筆觸，塗布異想

　　林小杯的繪本成績斐然，譬如第一本繪本《假裝是魚》於1999年出版，《全都睡了一百年》於2003年初版、2017年再版，以及2005年的《明天就出發》，看似童稚筆觸，勾勒自由與無稽，其實滿滿塗布大人的異想。及至《非非和她的小本子》，生活事件變成主軸，兩個跨頁的、分格的小故事，是為《小典藏》的專欄而畫，林小杯表示，畫著、畫著，漸漸抓到屬性，亦即：要給兒童看的、要有趣的。此外，媒材的運用也越加自由，或拼貼或手繪；畫面呈現或橫或豎，甚至用了一整個跨頁，讓小小的生活場景充滿魔幻。

　　然而，結合「日記」與「漫畫」表現手法，卻引發繪本形式與內容的討論，對此，林小杯已然釋懷：「我很高興自己做出讓人無法歸類的作品！」她說：「國外已經相當風行成人繪本，剛畢業的創作者，或許不必急著做童書，而是先將他們自己擅長的圖文做出心裡所想的樣子就好，等到瞭解怎麼為小孩說故事之後，再來做童書。」

破除誤讀，說好故事

　　關於繪本出版，林小杯還有一樁特殊經驗：《先跟你們說再見》與《月光溜冰場》的彩色版於2006年與2007年出版，其實兩本書的「黑白版」早在2000年出版，前者以「一二三木頭人」遊戲帶出離別，後者讓闃夜與月光互相襯托，「黑白」本身就是一種圖像「敘事」與「技法」。

　　後來，林小自己要求重畫，「白鱗」般的銀光變成黃色「布

丁」，故事也有調整，種種改變，「本來是為了破除誤讀，甩開
『死亡』的包袱，」林小杯坦言：「說一個好故事，如何說好一個
故事，才是創作重點，解讀空間就留給讀者囉。」

請問黃郁欽：
「如何以畫面處理議題？」

刊於2018年6月3日《國語日報‧兒童文學版》

　　由繪本同好組成的「圖畫書俱樂部」成立於1996年，黃郁欽擔任隊長，每年有固定的聚會與作品展，從2017年起，只展出手製書，是觀察到手繪與出版景況的變動嗎？黃郁欽回答：「因為想要回到創作的初衷，也希望大家能有完整的作品，去跟出版社敲門，獲得更多的出版機會。」

　　台灣童書慣於「外」求，翻譯讀物眾多，本土作品不易「出頭」，而近年的童書出版榮景，一則因為大公司挹注人力另立「小」單位經營兒童繪本，二則更多拔萃的科班新秀投入，競爭仍在，對此，黃郁欽樂觀看待，不過他也坦言：「穩定出版繪本其實只是最近五年的事。」那麼，創作實力可否透過出版經驗累積呢？黃郁欽認為，繪本有許多「玩」法，他希望「讓每一次的創作都很開心」，因此傾向於適「性」發展。

「粗」線條

　　從第一本作品《烏魯木齊先生的假期》到2018年新作《嘰哩咕嚕碰》，故事中的人物常常是「粗」線條，不論毛毛巨人或大毛

熊，就連小羊、房子、樹木等等也透過勾邊產生「數大」效果，乃至《好東西》當中的「它」與「用完的棒子」則以「粗」線條呈現「擁擠」與迫切感。

同是議題繪本，「談核電的《好東西》比較用力，沒有考慮讀者的年齡，整體感覺比較沉重。」黃郁欽說：「《嘰哩咕嚕碰》醞釀更久，因此，先想一個有趣而帶點魔法的故事，再放進空汙議題。」也就是說，為了顧及繪本的「商品」特性，必須讓大小讀者願意親近。

空「白」背景

相較於勾著粗邊的角色，「白」背景乃「敘事」之需，亦即，為文字預留排版空間，黃郁欽並不諱言，「白」背景其實是一種機巧，有些創作者擅以跨頁滿版來作畫，他自己則借用電影與編劇的手法在「角色」與「故事」方面著力。

以三本「大毛熊」系列為例，黃郁欽分析：「保留大毛熊天真可愛又讓人氣得牙癢癢的個性，因為不同的成長階段和問題，而有不同的故事，然後在《我不要跟你玩了！》增加主角，產生新的衝擊和變化。」至於「咬一口」系列，又在文字上設計，朗讀時，可用台語唸出來。

格子「覷」

除了便於敘事，「白」背景也可以用來聚焦，搭配方框，拉近空間，有放大局部的作用，譬如《烏魯木齊先生的假期》當中，雞啼之框，效果「驚」人，恰好帶出次頁的瞪眼；而故事末尾的數羊

一幕，一整「頁」的羊「漩渦」，與床上安眠的小框對比，動靜分明，共演虛實。

以框「格」出敘事與趣味，則屬《我家在這裡》一書最為顯著，黃郁欽解釋：安插分格漫畫，「一開始是因為繪本的篇幅不夠，創作上遇到瓶頸，後來想到可以利用分格，把很多想說的事情透過漫畫放進來，因此才順利完成。」此外，考量橫長翻頁的需求，模仿台灣古地圖的視角，「大跨頁的畫面隨著頁數增加而慢慢變大，代表我們對環境的認知是從家裡慢慢擴散出去。」黃郁欽說，「漫畫頁用單色，跟跨頁便有了區隔。」如此一來，在一片地圖書潮流的市場之中，《我家在這裡》乃能凸顯在地的人文意涵。

「客」觀議題

出版繪本，「通常是自己想要做什麼，就依照自己的時間和進度完成，然後再找出版社，」黃郁欽認為：「當編輯看到我的作品時，已經是完成品，甚至裝訂成手製書。會簽約合作的，基本上已經八、九成認同了，所以通常只是小幅度調整。」

多年創作下來，從一個繪本愛好者出發，發展出幾個繪本系列，也嘗試了不同的風格和媒材作畫，譬如《好東西》運用版畫技巧，《躲好了沒有？》則採拼貼手法，黃郁欽說：「現在相當珍惜出版機會，希望多做一些對台灣社會與環境有助益的繪本，讓小讀者從小就有機會接觸到關心台灣的不同觀念。」因此，接連碰觸「核電」與「空氣汙染」兩個環境議題之時，黃郁欽慎重考量：「每一個議題通常都有正反方的支持者」，也就是說，「擇定主角」相當重要，非你、非我、非他，亦即「它」與「毛毛巨人」成功扮演了超然而「客」觀的角色。

卷二　作家與主題

剪接校園與科幻
——從三個短篇管窺張之路的小說

刊於2015年9月6日《國語日報・兒童文學版》

　　一般來說，「互文」（intertextuality）多指不同作者之間的文本互涉，譬如〈小紅帽〉，翻新的文本大同小異，圖像描繪也各具時代性。然而，作者自己的文本互涉甚至改造，雖不多見，卻不乏大家，譬如尼爾・蓋曼（Neil Gaiman）的小說《第十四道門》乃自繪本《牆壁裡的狼》延伸出來，而《墓園裡的男孩》則由短篇小說集《魔是魔法的魔》中的〈巫婆的墓碑〉擴寫而成。同樣的，張之路的作品中，也有彼此挪用現象，故本文擬針對三個短篇，亦即〈貓牌學校〉、〈橡皮膏大王〉與〈什麼也不能阻擋妞妞〉，試圖管窺張之路小說的特色。

以校園為主調

　　在〈貓牌學校〉中，「老鼠牌粉筆」與「貓牌板擦」是重要物件，這「老鼠牌粉筆」十分好用，「不但擦不掉，而且字跡越發清晰起來」，只有「貓牌板擦」治得了它，其邏輯在於「小老鼠在老貓的威懾下，變得服服貼貼」。豈料一波平一波又起，學生們買了「老鼠牌鉛筆」，老鼠再度猖獗，唯能求助老貓，但因經費不

足,校方只好接受條件交換,改名為「貓牌學校」,幫文具品牌打廣告。作者為商標命名,一曰「老鼠牌」,一曰「貓牌」,乃基於「貓抓老鼠」的生物特性,「粉筆」與「板擦」等文具成了活物,攪亂校園,滋生趣味。

後來,貓鼠進入長篇小說《有老鼠牌鉛筆嗎?》,沒有上述的物種相剋,仍是搭檔,做為暗號,以辨認「神祕接頭人」。「請問,有老鼠牌鉛筆嗎?」以及「對不起,我只有貓牌橡皮。」這一組暗號反覆出現,無關生物也無邏輯,單純是語言符碼,裝綴了故事。不過,發表於1988年的〈貓牌學校〉場景設在校園,1996年出版的《有老鼠牌鉛筆嗎?》則從家中移動至火車至攝影棚,篇幅與情節皆不相同。

溶入科幻與親情

另外兩個短篇〈橡皮膏大王〉與〈什麼也不能阻擋妞妞〉亦收錄於1994年出版的《空箱子》。〈橡皮膏大王〉以電視台智力比賽開場,平日遲鈍的小學生忽然變得伶俐,表現亮眼。此篇移植到長篇小說《烏龜也上網》,變成第五章「偉大的橡皮膏」,女孩「項寧寧」由男孩「王府井」接替,橡皮膏的魔力轉給小烏龜。而第十二章「穿越時空」中的親子衝突也是短篇〈什麼也不能阻擋妞妞〉的複製,兩者皆由「水管」穿越時空,小孩遇見兒時的父親,景物描述同樣寫道:「院子裡空無一人,只有一隻小鳥在啾啾地叫,那小鳥很小,很小,羽毛是翠綠色的……小鳥停在一株很大的李子樹上,每個李子都有核桃那麼大。」(頁207)這一段時空之旅因為小主角知悉父親童年小名獲得證實,男孩的爸爸喚做「蟣子」,女孩的爸爸叫「小虎」,故事末尾,兩個爸爸的嚎哭皆在瞬間拉近了親

子距離。

除了短篇嵌入長篇，兩部校園科幻長篇《極限幻覺》（頁19）與《非法智慧》（頁173）也有相同段落敘述「魔鬼之說」，但是符碼不同，前者瘋狂的是「兔子」，以光碟改變「大腦磁晶體的排列」，而後者是「七星瓢蟲」，在肚臍植入晶片成為「第二大腦」，兩者都是前衛科技的研究與實驗，最終危及人體，演變為犯罪事件。來台出席「兩岸兒童文學作家作品交流會」的張之路因此指出，科技高度發展未必帶來福祉，作家應以作品督促種種省思。

淋漓盡致的快板說書

說故事，西方有兩大敘事脈絡，一是歷史，二是想像，兩者疊合於「模仿」，而亞里斯多德在《詩學》中所指的「模仿」是一種創意的「再現」，要讓故事中的隱匿彰顯出來，因此，儘管版本不同，在迭變的情節中，不同觀點與詮釋或可浮出。

然而，張之路的小說也許更適合以「快書」觀之，因其敘事形式並不複雜，技巧也不花俏，但以童年做為養分，以學識與專業做為骨幹，以語言做為文學枝葉，作者身影穿梭作品時空，不少角色的「原型」都是作者，分別自童年、少年與成年描繪其人生與日常，時而跳躍，預言科技的影響，時而幽默，妙語串串，也偶爾悲憫，刻畫小民不幸，猶如說書一般，引人入棚。

繪本裡的文學裝置
——以曹文軒的《煙》、《夏天》與《羽毛》為例

刊於2017年8月27日《國語日報‧兒童文學版》

在普魯斯特（Marcel Proust, 1871-1922）的《追憶似水年華》裡，小小的貝殼蛋糕「瑪德蓮」是一個「文學裝置」（literary apparatus），是時間的聯繫，連結敘寫的筆下與過去事件，喚醒人物，再次啟動場景。

相較於「瑪德蓮」在小說巨著當中的點睛之效，曹文軒三本繪本裡的炊煙、影子與羽毛則十分醒目，除了拉起一條貫穿故事的主軸，也各具象徵與意涵，三者更描繪了時間與空間的變化動線，別有指涉。

炊煙的不羈

胖子村和瘦子村隔著一條河，因為過橋爭執，大人怒而不相往來，小孩只能乖乖聽話，待在河邊對望。無法一起玩耍，人可忍，狗不可忍，兩隻狗兒時不時就要衝破水「線」。敘事由「二分法」主導，區分住所、體型、顏色、大小與人畜；頁面圖像的構成亦然，左右、上下、明暗、動靜，易於辨認，也有擴大空間的效果。

　　人畜受「限」於禁令之下，一直憋著，直到炊煙給了「示範」，大人仍有遲疑，狗兒興奮跳河，「搭救」因此變成契機，兩村再度接觸，漸漸懂得互相欣賞以及分享，更將自家的蘋果拋向對岸，化解宿怨。此際，「蘋果」象徵和平，是禮尚往來的小小開端。故事末尾，黑煙和白煙融合，變成淺灰色，既是總結也是勸言，亦即，這一朵高飛的灰雲指出「二分法」之僵硬，似在嘲諷：人啊，何故自我設「限」？

影子的幽默

　　故事起始，一幅跨頁描繪南方夏日，人畜都在避暑，不過，垂柳、荷葉、瓜藤處處，綠意盎然。翻了頁，風景大變：黃塵瀰漫，氣氛肅殺，動物們陷入一場「大樹」爭奪戰。此「大樹」本該提供庇蔭，竟然光禿禿！前半段暫停，取笑了「爭奪」的愚蠢，也暗示「死亡」逼近，更意味著：環境嚴酷，為謀生存，動物們能否改變？

　　接著，轉捩點出現：一對父子走過荒原，猶如海市蜃樓，虛無，卻十分震撼，給了靈感，動物們起而效法，彼此庇蔭。頁面長長短短，以圖像呈現影子重疊，大的「罩」小的。動物之間的互助實乃自助，就連老天也肯幫忙，送來一朵雲，停在動物群上方，讓燥熱再少一分。在這個故事裡，影子沒有黑暗面，也跳脫榮格心理學分析層面，回歸到自然現象，推翻「太陽之下沒有新鮮事」之說，描述一個平凡的事件，卻是饒富趣味。

羽毛的重量

一支落地的羽毛，本待腐朽，因為人言、因為風起，「她」對自己的身世感到懷疑，為了答案，不斷飄零。因此，羽毛不停詢問：「我是你的嗎？」途中，遇上翠鳥、布穀鳥、還有蒼鷺、大雁。羽毛被孔雀嘲笑，的確，這支羽毛毫不絢麗哪！接著，羽毛又詢問了天鵝、野鴨、琴鳥、白靈以及雲雀。在圖像呈現上，各種鳥羽，繁複而華美，相較之下，頁面邊緣的羽毛主角則顯得相當樸素。

後來，這一支羽毛自認應該屬於威猛的飛鷹，卻被一場血腥嚇醒，尋根之旅至此急轉，羽毛遂從外表轉譯為生命的重量，不過，霎時驚恐與嚴肅隨即放鬆，因為末尾寫道：「啊，好像缺了一根羽毛呢！」雖然文字並未確認，佐以母雞剪影，氛圍從緊張轉為輕快，原來天下本無事，「羽毛」自擾之，藉以點出主題：甘於平凡，自有尋常之樂。

正如德勒茲（Gilles Deleuze, 1925-1995）將「文學裝置」當做詮釋之鑰，「瑪德蓮」以味蕾觸動，讓全身共感，它也像是一塊骨牌，讓時間與空間串聯，讀者能夠俯視人物與場景，在閱讀的當下回推，稍稍品嘗了普魯斯特的時光興致。同樣地，《煙》、《夏天》與《羽毛》單獨來看，每一個「裝置」各具功能，然而，唯有三本並列，才能讓意象分別凸顯並且產生關連，乃得窺見曹文軒的筆觸與故事的深層內裡。

此外，回到「繪本」之上，透過文圖共演，抽象的敘述變成具象的描摹，亦即，在敘事裡，煙不只是「黑白」，影子不只是「庇蔭」，羽毛不單單等於「出身」，必然還隱喻著人物與環境之互

動。因此，文字歧義被大幅微縮，透過技法與用色聚焦於圖像，閱讀繪本之時，更應跳脫表面，辨識故事中的「裝置」，進而領略文學滋味。

兒童文學中的機器人

刊於2016年12月18日《國語日報‧兒童文學版》

　　影集《西方極樂園》（*Westworld*）引起熱烈討論，劇中，機器人是「接待員」（hosts），配合「客人」（guests）演出，記憶不斷被覆蓋與更新，若有自主意志或不堪勞役則廢棄，一方面展現科技：「機器人可以多好？」另一方面卻在揭露道德：「人可以多壞？」如此惡意差遣，機器人會反撲嗎？

　　在艾西莫夫（Isaac Asimov, 1920-1992）的機器人系列裡，機器人的行動有三大準則，亦即：一、機器人不得傷害人類，或不作為，致使人類受傷。二、機器人必須服從人類的命令，除非該命令違背第一法則。三、機器人必須保護自己，但不得違背第一及第二法則。這個定律的語言邏輯可堪玩味，其思想仍被規範在「人類中心論」（anthropocentrism）之下，延續《創世紀》（*Genesis*）中「人役萬物」的基調，顯示主從地位，卻也旁生「機器人反叛」的議題，在心智或形體上「變人」，都是值得著墨之處。

機器人的樣貌

　　也就是說，「機器人」可以視為一個「母題」（motif），置入文本，依其「形式」（form）與「內容」（content）建構作者的批

判。所謂「形式」乃指機械裝置，從破銅爛鐵的拼裝到仿生的有機體，乃至人形機器人（Android），擴及命名與性別；而「內容」則針對功能與任務，界定機器人在人類社會中的角色與利害。事實上，將機器人的「形式」與「內容」結合，即在呈現人類的夢想或野心。

　　在兒童文學領域，批判性的敘述比較溫和，焦點往往放在「身分認同」，讓小讀者將機器人當做「同伴」（companion），一起進入「象徵界」（Symbolic Order），在成人主宰的制約之下摸索周遭人、事、物並與之溝通。因此，童話中的機器人約莫等同兒童，未必擔負重大任務，卻能點出關鍵，也常常是犧牲者，唯其心智超越兒童，偶爾扮演智者的角色。

機器人的性別

　　在文學裡，任何角色都可能是作者的分身，機器人亦然，可能是作者為自己所打造的不同樣貌；忽大忽小，在童話中出入，可以拓展敘述的時空，時而在此，時而跳脫；並且能夠變換視角，時而主觀，時而旁觀。在童話中，萬物平等，各有欲求，譬如《綠野仙蹤》（*The Wonderful Wizard of Oz*）中「無心」的錫人（Tin Man），因此和小主角桃樂絲一起踏上旅程，相信奧茲國的巫師（Wizard of Oz）可以幫得上忙。

　　對兒童來說，動物便是超越性別的好朋友，譬如日本的藍色機器貓《哆啦A夢》（ドラえもん），就跟小主角大雄（野比のび太）一起住，一起吃喝拉撒，雖然場景永遠定格在故事裡，卻在許多孩子的成長歷程中產生微妙的影響。當然，機器人也可以賦予性別，譬如英國桂冠詩人泰德‧休斯（Ted Hughes, 1930-1998）先為孩子創作了《鐵巨人》（*The Iron Man*），讓鐵巨人居住人類社區，也

幫人類打敗惡龍，繼之以充滿仇恨的《鐵女人》（*The Iron Woman*）向人類報復，懲罰人類汙染了河流、湖泊以及海洋。兩個故事同樣訴求環保，不料卻讓機器人的性別產生不必要的性別偏見。作者塑造角色，或如《創世紀》的神幫亞當造夏娃為伴。然而，在童話中，機器人或其他異形一多，容易形成災難，引發「戰爭」，場面大而原因複雜。

機器人的進化

　　在前述三個著名的機器人背後，《綠野仙蹤》有一片堪薩斯農場風光，《哆啦A夢》在東京生活，往來家庭與教室之間，《鐵巨人》則有荒原與沼澤地貌，顯然都與作者的生長背景有著密切關連。然而，童話主訴想像，在所謂的「架空世界」中演繹情節，也就是說，即便沒有地景描摹，仍可仰賴讀者之力，將虛實疊合，出入於四方，穿梭遠近，甚至跳過文化差異。

　　又或者，事件時間設定於「新未來」，情節場景卻轉入「老故事」，2016年4月出版的《荒野機器人》（*The Wild Robot*）敘述一場船難，倖存者僅僅一具機器人，因為荒島上的水獺誤觸按鈕，機器人啟動了，開始探索並與島上動物互動，從衝突進入和諧，過程中，可見其率真，也可見其聰慧。這一段求生記令人聯想起《魯賓遜漂流記》，不過，因為時代差異，這《荒野機器人》漂流在科技汪洋，結局仍要返抵「人性」，溫暖小讀者的心坎。

　　綜觀兒童文學裡的機器人大軍，各見長短，但從創作面向來看，「機器人」乃文學「裝置」，打造機器人，是為了「服務」作者，實現不可能的願望，也是為了化做「陰影」，遂行邪惡行動，警告世人。

兒童文學中的島「語」

刊於2018年12月30日《國語日報‧兒童文學版》

　　在兒童文學作品當中，場景往往是一種象徵，譬如「森林」象徵「幽邃未知」，「熱帶叢林」則象徵「野蠻」。而「島」，相對於陸地，指涉地位與權力之別，「島」也因為矗立海洋之中，其孤立與封閉可同時探觸內外，亦即「小人兒」與「大環境」，前者如桑達克（Maurice Sendak, 1928-2012）的《野獸國》，轉譯小男孩的憤怒，島上稱王的歡樂終究落得索寞；後者如巴蘭坦（R. A. Ballantyne, 1825-1894）的《珊瑚島》，描摹帝國階級之下的文明教誨，小說中的冒險元素則傳承於笛福（Daniel Defoe）的《魯賓遜漂流記》，卻也啟蒙高汀（William Golding）的《蒼蠅王》，揭櫫了領導之爭與集體暴力。

島語之一：想像與冒險

　　英雄征途是文學的母題，尋寶或探險則專為兒童打造，常常揉合「訓誡」、「啟蒙」及「成長」等子題，譬如湯米‧溫格爾（Tomi Ungerer, 1931-2019）的《霧島》，黑灰色調交錯神祕與危險，兄妹倆常被大人叮嚀：「不准靠近霧島！」因為那附近有凶狠的暗流，最重要的是：「去過的人再也沒回來！」

然而兄妹倆卻遇上親切的「造霧人」（the Fog Man），故事的氛圍從恐怖轉為溫馨，雖未全面打破大人慣持的「誤」解，孩子們顯然寧願相信「霧島」住著「造霧人」吧。

因此，巴里（J. M. Barrie, 1860-1937）為《彼得‧潘》（*Peter Pan*）創設的「永無島」（Neverland）上，假裝（make believe）是生活，假裝也是遊戲，冒險角色一一出場，包括仙子、海盜、美人魚、鱷魚與印地安人等等，「有驚無險」是主調，故事內裡對比規矩與無度，走失的男孩們把彼得尊為「偉大的白人父親」，後來卻更加喜愛溫蒂來扮演媽媽，一起快樂嬉玩「家家酒」（the Happy Home）。

島語之二：孤獨與成長

家是枷，一旦野放，兒童如何成長？彼得潘嘴上不談父母，卻盯著溫蒂媽媽如何施行母職，暗暗渴愛，就連虎克（Hook）那一班海盜也要搶奪「溫蒂媽媽」。故事末尾拉到多年之後，彼得想要接回「溫蒂媽媽」，變成大人的溫蒂再也無法飛行，女兒珍取而代之，接著是珍的女兒瑪格麗特，「永無島」上就永遠不缺媽媽了。

男孩們拒絕長大的行為表現被描述成「彼得潘症候群」，而溫蒂和女兒們接受母親的角色，或可視為女孩成為母親之前的職前訓練。

而在羅芮‧史耐德（Laurel Snyder）的《孤兒島》（*Orphan Island*）上，小舟送來幼童，載走大男孩狄恩（Deen），珍妮（Jinny）接替，當起一島之長，帶領其餘八名孤兒共度晨昏。下個輪迴，珍妮卻打破慣例留下，攪亂生活節奏，領受身心之痛，終於體悟「離開」才能迎向「未來」。如此看來，尚稱安全的「孤兒島」實則象徵「青春期」，是兒童從稚嫩走向成熟的過渡階段。

島語之三：自然與人造

在瑪格麗特・懷茲・布朗（Margaret Wise Brown, 1910-1952）的筆下，《小島》（*The Little Island*）的四季更迭美麗而富詩意，訪客偶闖，干擾不大；彼得・布朗（Peter Brown）則在《荒野機器人》（*The Wild Robot*）設置一個嚴酷的自然環境，強調機器人的適應力與自學力。

相較之下，筆者以《島游4.0》敘寫三種島「語」，亦即「拖拖拉拉島」、「偷偷摸摸島」和「撈撈捕捕島」，從命名切入地理構造，探究「人」如何造「島」，是創造？抑或破壞？「島」便成了議論空間，納入歷史變化之樣貌、資本主義之掠奪以及生存領域之限縮，乃至科技發展之可能，一一在「島」上展現。

島語之四：操控與變異

島「語」各具象徵，箇中威脅也分內外，譬如《孤兒島》有一隻送往迎來的小舟，無法甩開；對於高汀來說，「蒼蠅王」的黑暗力量比不上男孩的獸性。因此，「島」能變異，用做「試煉之所」，譬如詹姆士・達許納（James Dashner）的《移動迷宮》（*The Maze Runner*），有吞人怪獸也有權力之爭，「島」加上「迷宮」是雙重牢拴，男孩如何脫逃？

蘇珊・柯林斯（Suzanne Collins）的《飢餓遊戲》（*The Hunger Game*），以封閉的「競技場」圍成生死叢林，強弱立見，當權者以「遊戲」之名，執行操控與鎮壓之實，飢貧的人民怎能抵抗？

綜觀之，「島」之經緯不予追究，反倒是「島」或「島的狀

態」皆不宜久留，珍妮終得離開《孤兒島》；《蒼蠅王》當中，兩
個男孩枉送生命，倖存者勢必難忘；《島游4.0》則以主角海葵設
問：「現況還會更糟嗎？如何扭轉局面？」亦即，回到文本之敘
寫，「島」乃「文學裝置」，可小題可大做，故事穿梭虛實之間，
既是烏托也是反烏托。

安東尼・布朗的森林與再現

刊於2019年3月3日《國語日報・兒童文學版》

出版於2017年的《捉迷藏》（*Hide and Seek*），是安東尼・布朗（Anthony Browne, 1946-）的第50本創作，幾乎就是慣用的敘事與圖像元素之總和，包括童話、超現實、遊戲以及手足之情，乃至生活的無趣，一次展演在「森林」場景，似在挑戰讀者，一則閱讀單冊，一則回溯舊作，看看哪些場景「再現」（re-present）於哪個頁面？

童話森林：互文

安東尼・布朗在1981年重新詮釋童話《糖果屋》（*Hansel and Gretel*），其中，兄妹相偎蜷縮樹下一景搬到2004年出版的《走進森林》（*Into the Forest*），森林從黝暗的陰森變成去彩黑白，實虛轉換，前者指出生活困境，後者強調精神負擔，都與家庭危機有關。及至2017年的《捉迷藏》，主角是住在森林小屋的一對姊弟，因為小狗走失而悶悶不樂，小小拌嘴之後，決定到屋外的森林玩「捉迷藏」，正當姊姊準備開始搜尋之際，狼影悄聲隱匿，文字並未點破，卻以圖像預告：森林一定有「詭」！

以上三部作品都有森林場景，各有指涉，或為幽遠年代，或為內心恐懼，或為危機四伏，儘管森林有明有暗，安東尼・布朗都

為小主角穿上紅色外套，除了做為目光焦點，也令人聯想起《小紅帽》，據此點出一個近似的森林隱喻：險境。

都市森林：疏離與平等

　　另一本童話新「畫」是《我和你》（*Me and You*），出版於2011年，安東尼・布朗將《歌蒂拉與三隻小熊》（*Goldilocks and the Three Bears*）搬到城市，主視覺落在右半部頁面的小熊的家：外部光鮮，內部明亮，親子關係親密。對比之下，繪本左半部頁面昏暝，迷路的金髮小女孩身著黑色連帽外套，從屋外潛入室內再逃進大街，場景之轉換，直指市街即森林。故事的末尾，小熊望向窗外，以第一人稱的口吻想著：「我不知道她碰到什麼事了？」相較於童話舊版的「不知去向」，便能看出安東尼・布朗將改編重點放在最後幾個分格，亦即：小女孩投入母親懷抱的動態與驚喜，畫面霎時明亮，現代版的迷路森林因此改調，快樂的結局安撫了小讀者。

　　都市裡的公園則為小森林，距離在此縮短，人與人、人與動物、或者動物與動物共生，1977年出版的《到公園散步》（*A Walk in the Park*），左右頁面並列人物，顯示社經狀況近似，疏離感則藉由兩個大人各據長凳兩端卻不交談輕輕點出，但是小孩與狗兒卻十分相熟，以第三人稱旁述，情感十分疏離，時間的流逝透過公園樣貌變化來呈現；到了1998年，安東尼・布朗讓它改頭換面，變成《公園裡的聲音》（*Voices in the Park*），猩猩當主角，本來串聯的時間打成四個分段，四個角色四個聲音，各以第一人稱說出自身的觀察與感受。

　　上述兩書的共同背景是遍植林木的公園，可以看成「小森林」，前者看似一般，卻隱藏細節，譬如「羅賓漢」與「耶誕老

人」，後者除了配置故事角色，更大玩「超現實」，戲弄讀者視覺，譬如吶喊的樹、巨大的果樹、噴火的樹、中空的樹，乃至拼接的狗、戴帽子的路燈等等；最後一頁，是畫中有畫也是話中有話，為友誼與未來綻放一朵「希望」之花。

超現實森林：遊戲

　　憑著「超現實」的風格，安東尼・布朗擅場於繪本界，其穿梭虛實的「道具」包括書、夢、鏡子以及隧道等等，最神奇的，當屬「畫筆」了，他把畫筆交給威利，以《威利的畫》（*Willy's Pictures*）向名畫致敬，讓威利走進畫裡，製造趣味。他也把畫筆交給小熊，用一個系列出入童話與森林：在《野蠻遊戲》（*Bear Hunt*, 1979）中，小熊遭遇獵人，急中生「畫」而逃脫；進入都市叢林，《小熊奇兵》（*Bear Goes to Town*, 1982）畫出食物救飢，並且釋放即將成為人類盤中之殤的牲畜；在《哈囉！你要什麼？》（*The Little Bear Book*, 1988）中，畫出玩意兒馴服了大猩猩、鱷魚、獅子與大象；在《當熊遇見熊》（*A Bear-y Tale*, 1989）當中，則畫出「剋星」擊退野狼、巨人、巫婆與暴熊一家。

　　綜觀之，森林場景與童話人物不時「再現」於安東尼・布朗的畫筆之下，而且新舊都有戲法。若拿1989年出版的《隧道》（*The Tunnel*）對照《捉迷藏》即可發現：皆以手足之情為主軸，紅外套都穿在主角身上；《隧道》中的森林黑得嚇人，《捉迷藏》的森林比較明亮，超現實的暗影處處，同樣叫人吊膽而行。

朱迪絲‧克爾細描日常與騷動

刊於2019年6月30日《國語日報‧兒童文學版》

英國作家朱迪絲‧克爾（Judith Kerr, 1923-2019）於5月22日辭世，享年95歲。其繪本《來喝下午茶的老虎》（*The Tiger Who Came to Tea*），出版於1968年，在2010年被改編成舞台劇，2018年發行五十周年紀念版。克爾熱愛生活，宛如《無敵奶奶向前衝》（*The Great Granny Gang*），她全心投入創作，常以動物為主角，譬如《健忘貓莫格》（*Mog The Forgetful Cat*）系列，多在描摹家居，省略背景，讓連續的動作形成騷亂之趣。

童年的包袱

克爾出生於柏林，跟著父母流亡，輾轉蘇黎世與巴黎，落戶倫敦，她自擬「安娜」（Anna），寫就《逃離希特勒三部曲》（*Hitler Trilogy*），在小說細節中交織虛實。從形式來看，第一部《希特勒偷走粉紅兔》（*When Hitler Stole Pink Rabbit*）及第二部《炸彈飛過挑剔姨媽的頭上》（*Bombs On Aunt Dainty*）分章敘述，各有二十四章，前者記錄豐足生活瞬間一無所有，後者側寫空襲之下的倫敦，著墨於難民如何營生與努力。第三部《離家的小孩》（*A Small Person Far Away*）則為「週」記，從「星期六」寫到「星期五」，但

時間拉至戰後十一年，安娜重回柏林，對照今昔，從臥病的母親看見被磨難鍛造的堅強與脆弱，也從紀念文件上辨識輝煌歲月裡擔任記者與劇評的父親。

克爾鋪陳安娜的「包袱」，亦即種族歧視、國家認同、經濟壓力以及自我身分，透過全視角俯觀，攤開困頓，偶爾跳出第一人稱獨白，直陳內心感受，小說角色、敘述者與作者三者霎時揉合，讀者彷彿看到恐懼與憤怒全部落在一個小小肩膀之上。英國廣播公司（BBC）於2013年拍攝紀錄片《希特勒、老虎與我》（*Hitler, the Tiger and Me*），以小說文字為實地錄影配製部分旁白，影像疊上情節，是克爾與安娜帶著觀眾同訪舊地，探入少女的成長故事及其牽繫的流亡民族與戰亂時代。然而，在2015年「新聞之夜」（*BBC Newsnight*）的訪談中，克爾表示其三部曲並不「黑暗」，也不認同「老虎隱喻希特勒」的詮釋，選擇「老虎」單純因為常帶孩子去動物園罷了。

的確，克爾的繪本主題大都圍繞日常，譬如《莫格的狐狸之夜》（*Mog on Fox Night*）當中，三隻小狐狸闖入嬉鬧，其敘事與《來喝下午茶的老虎》稍有類似，但主角與氛圍不盡相同。

健忘貓長眠了

為兒童創作，往往以動物擬人或做為主角，克爾亦然，《來喝下午茶的老虎》出版之初，故事中的兒童只有「蘇菲」（Sophie），家庭寵貓系列的第一本《健忘貓莫格》則於1970年出版，小主角變成黛比（Debbie）與尼克（Nicky），可見克爾將生活狀況與趣事投射於作品之上。又譬如《莫格與邦妮》（*Mog and Bunny*）當中，克爾把自己遺忘在柏林的粉紅兔送給健忘貓當玩伴，隨著歲月流逝，

莫格生了小貓，生病時惹出騷動也被畫進《莫格與獸醫》（*Mog and the V.E.T.*）；而2002年出版的《再見，莫格》（*Goodbye, Mog*）一書中，克爾在第一頁就形容莫格「累死了」（dead tired）而且想要「一直睡下去」（sleep for ever），死亡乍看隱晦，隨即在次頁被小主角黛比問破：「為什麼莫格非死不可？」媽媽角色平靜回答：「她已經很老了。」後續的篇幅裡，克爾讓莫格變成透明「靈魂」般的存在，瞧著調皮的小貓漸漸融入家庭，一直到黛比道出：「我會記住莫格的。」莫格這才放了心，升天而去。一如真實世界中，當時八十高齡的克爾也給《衛報》（*The Guardian*）記者類似的解釋，她說：「人終究一死，但你不會失去他們。」（Because people do die, and you don't lose them.）

化身無敵奶奶

克爾書中的動物角色不少，包括獅子、猴子、大象、狐狸等等，其中，綠色鱷魚的戲分漸漸加重：《莫格與獸醫》最後一幕有牠，接著又在《無敵奶奶向前衝》裡露「臉」五次，嚇退麵包搶匪，甚至晉升為《床下鱷魚》（*Crocodile Under the Bed*）的主角，展翅載著小男孩到動物國度遊玩。綜觀克爾的動物故事，可以發現其敘事與畫風從寫實日趨幻想，譬如《動物園之夜》（*One Night in the Zoo*）是動物大點名，圖像跨頁呈現，動物姿態活潑，文字結合數數與韻文，十分適合朗讀。

克爾在2011年出版《我的亨利》（*My Henry*），是思念亡夫也是讚美婚姻之作，九十歲之際仍然持續創作，手繪高齡主角，譬如《克雷宏先生的海豹》（*Mister Cleghorn's Seal*）改編自克爾父親搭救小海豹的真實故事；出版於2013年的《無敵奶奶向前衝》尤其吻

合其行動力，書中七個老奶奶各有擅長且無所畏懼，令讀者不禁要
想：克爾一定曾是「奶奶幫」的一員！

彼得・席斯的地圖敘事：
以《科摩多》與《魯賓遜》為例

刊於2019年9月8日《國語日報・兒童文學版》

　　不論他人傳記或者自創故事，彼得・席斯（Peter Sis, 1949-）常常將地圖當做敘事元素，描繪其故事主角的足跡與場景，前者如《循夢》（*Follow The Dream: The Story of Christopher Columbus*）、《生命之樹：達爾文的一生》（*Tree of Life*）、《星星的使者：伽利略》（*Starry Messenger*），後者如《小女兒長大了》（*Madlenka*）、《科摩多》（*Komodo*）與《魯賓遜》（*Robinson*），小至一個街區，遠至一個小島，甚至鑲合自身經驗與經典故事，都能將世界投影成不同視界，把目光焦點展示在地圖之上。

方圓即世界

　　在《小女兒長大了》當中，地圖標記小主角的眼睛高度，方圓交融，「方」是腳步繞行一圈的街區，以線條勾勒；「圓」則是透過與人交往所獲得的印象，挖空的圓比喻管窺，尚有深廣的文化地景留待勘察。對於小主角來說，街區就是世界，讀者則為旁觀，或可紙上散步，也可自行考證。

　　而在《魯賓遜》當中，第六頁的方塊是《魯賓遜漂流記》

（*Robinson Crusoe*）的故事梗要，文字潦草但圖像鮮明，第八頁是角色扮演的步驟，第二十四頁的跨頁是生物之鏈，顯示島上物產相當豐富，類似的迴旋圖像更早出現在《極北的故事》（*A Small Tall Tale from the Far Far North*）第十六頁的洞穴牆壁，一小格一小幅串接，刻畫極北族人生死與生靈互動，生活的軌跡串成時間之軸，皆凸顯敘述者的全觀角度。

視角牽動故事線

採用第一人稱的《魯賓遜》在故事前段跟隨小主角平視周遭，第十四頁做夢跨頁轉為俯視，從生活實境過渡到故事場景，視角改變，故事線前進，小主角換裝，從第十六頁左上角的小小床跨頁，以書為帆，紙面翻動成風，駛至右下角的小島邊緣，再一個跨頁，同樣以大小比例達到雙重目的，亦即：露出小島全貌，預告冒險開始。

若將閱讀角度拉高，可以發現：孩子的扮演遊戲、書裡的冒險情節以及夢中遊歷的場景，三者重疊，反覆出現，首先是第二頁以九個方格跨頁並列，指出海盜、航行與小島等焦點，是團體行動；接著是第六頁的模糊提示，強調一個人的孤島漂流，為後續的夢境鋪陳；再用更多篇幅擴大活動範圍並補充細節，從不同角度描繪孤島，同時透露景況：蟲魚鳥獸是否友善？花草樹木是否芬芳？若俯視，島嶼之小，可在第十八頁的跨頁一目瞭然，慢慢探入，又能仰觀森林，第二十六頁的跨頁顯示小主角安居樹洞並有兔子為伴。

時日與空間並進，第三十頁的低空鳥瞰跨頁，小主角多方探索，能耕田能打魚，飲食不成問題，能種花能嬉戲，結交動物友伴，一邊打發日子，一邊打造獨木舟。如此自給自足，過了多久

呢？第三十四頁用四幅日夜活動跨頁排列，文字則以「我變得堅強又勇敢」來強調「以孤島為家」的心理狀況。

書本導航虛實

故事尾聲，低空俯視，出現可疑腳印，島嶼全貌再度露出，小人兒內心的恐懼與空虛被凸顯出來，把讀者注意力拉回現實中的失落，急轉的結局揭明：友朋冒險的約定不變，熱氣球是交通工具，球上浮凸的地圖顯示野心，然而，飛在城市半空的這一幕又把故事侷限在「想像遊戲」之上。

書末附上自己的童年照片為證，彼得‧席斯讓《魯賓遜》加載《魯賓遜漂流記》，產生互文之趣，如果再把《科摩多》一起比較，探險之欲如出一轍，同樣安排登島、探島、離島，圖像視覺表現亦十分近似，譬如俯視海洋與環顧小島，又譬如深入內陸之後，小主角「環」顧周遭，「方圓」是總和也是聚焦，外圈圍著各種葉片，代表林相繽紛，內圈的「科摩多龍」是島上活躍的生物，而在《魯賓遜》當中則是生命泉源所在。

實境與心境

此外，《魯賓遜》用四幅連續的直式長格刻畫日夜連續，《科摩多》則以三幅橫式長格描摹驚訝瞬間，為攤平的地圖增添動感。

出版於1993年的《科摩多》是親子出遊，航行至真實的島嶼，而2017年出版的《魯賓遜》則是落單在虛構的「絕望島」（Island of Despair），以夢境糾結童年經驗與經典故事，轉折與細節更多，讀者透過畫面的視角變換，或遠觀或細究，時而浮海時而踏進陌地，

參與小主角的「探險」（quest），前者為實境之旅，後者為心境之
旅，兩者同樣被彼得‧席斯畫成書上別境。

陳志勇的離散微物：
以《蟬》與《艾瑞克》為例

刊於2018年12月30日《國語日報‧兒童文學版》

　　從宗教性、政治性乃至地域化，「離散」（diaspora）的規模可由一支民族縮小到個人，也涉入空間與時間，可能跨越人種、年齡與性別，譬如陳志勇（Shaun Tan, 1971- ）以《彼岸》（*The Arrival*）描繪先人抵達澳洲的景況，在《夏天的規則》（*Rules of Summer*）淡寫手足之情，以《緋紅樹》（*The Red Tree*）說空虛，《失物招領》（*Lost Objects*）關於歸屬，種種生命經驗，濃縮成《郊區故事》（*Tale from the Outer Suburbia*），卻又外放為《蟬》（*Cicada*）與《艾瑞克》（*Eric*），概括人物與環境的關係。

邊緣的厚度：空間或文化？

　　收錄十四則故事，《郊區故事》把目錄頁設計成一個航空包裹，十四張郵票貼在信封上，直指「離散」主題，譬如第四十頁的〈爺爺的故事〉擴大為移民生命歷程的《彼岸》；第八十四頁散文式的〈兄弟遠足〉轉變成短句形式的《夏天的規則》；有關動物的故事被發揮為《內城記事》（*Tale from the Inner City*）；第八頁的〈艾瑞克〉重新排版，從十二頁變成四十八的小繪本《艾瑞克》，

以大量白底襯托方框，視覺設計更加聚焦於微物的動態。

　　單篇〈艾瑞克〉以文字為重，偏向敘述，另做單行本《艾瑞克》之後，蝴蝶頁保留郵件信封樣式，文字與圖像的距離拉大，留白更多，圖像跳出來逼近讀者，直視且細察小小主角及微物世界，中間部分連續六頁沒有文字：象足與人腳預示險境、蛋糕與爆米花對比奢華與儉省、籌碼與瓶蓋詢問「無用」的定義，皆以巨大反襯其生活條件。

　　從外部或他者（或讀者）看來，微物世界是黑白的，這般誤解直到最後一頁才被扭轉：艾瑞克原來自居一「格」，以無用之物種植奇花異草啊！書末，陳志勇調整旁觀氛圍，讓沉默的艾瑞克寫了一張小紙條傳遞謝意，顯現其內心的感受。然而，艾瑞克終究搬離，文化隔閡並未消彌，此隔閡，一如《彼岸》當中的大洋與他鄉，一如《蟬》當中的強權與異類。

　　在《郊區故事》裡，觸及文化隔閡與落單微物的單篇還包括：〈無異國〉裡家徒四壁卻在院子裡發現「內心庭園」（頁62），以及淪落街頭遭人欺負的〈樹枝人〉（頁69），前者如心靈家鄉供給奮鬥的力量，後者則對「身分」與「存在」發出疑問。陳志勇用陰沉的破蔽對比明亮而豐饒「內心庭園」，再用冷硬的街區對比脆弱的樹枝，同樣強調各自的困境以及充滿敵意的大環境。

蛻變的力量：生根或展翅？

　　陳志勇擅以稠密油彩塗布沉重的疏離，氛圍令人窒息，鮮豔的色彩用得少卻相對醒目，譬如《緋紅樹》當中，有尖銳的建築與曲折的街道，標示窒礙難行；也有各種形體的怪獸與物件，似同伴卻又似陰影，房間內的小樹苗必須茁壯才能應付外部壓力。而《蟬》

的故事背景是色調灰暗的工作場域，主角「蟬」的待遇極差，他沒空生病、時常加班、不得與人類共用廁所、常常遭受欺凌、付不起房租所以住在牆縫裡……工作了十七年，一無所有：沒有工作、沒有家、沒有錢。

故事前半，只看到主角「蟬」的綠色臉龐與黑色眼珠，顯示其孤獨境遇，因為體型對比，人類角色並未露面，背後收手代表漠視（頁7），雙手抱胸則是一派命令姿態（頁17），而女同事的嫌惡（頁11）以及男同事的踐踏（頁13），可見「蟬」的底層生活。

故事後段，「蟬」站在樓頂邊角，佝僂的厚背裂開一道「血」痕，然後「蟬」脫殼、變態、展翅，陳志勇用五組無字跨頁描繪連續動態，揭櫫「蟬」並非孤單，有著類似境遇的同類還有更多（頁29），接著是兩頁「蟬」語，左一句寫道：「偶爾想到人類，不禁發笑。」右一句則是鳴叫：「嘓、嘓、嘓！」（Tok, Tok, Tok!），讓人自行忖度。而在封底裡的幽邃森林，近處散布紅點，遠處則有一片亮紅，若翻回封面裡，便可發現城市與森林之對比，進而思索居處其中的人類與生物以及彼此之間的關係。

陳志勇的圖像常做雙向比喻，以龐大的場域對比小東西，指涉微物及其所在並陳述內情與外力；再者，敘事與圖像重新編輯，或調整節奏，或串聯主題，譬如《失而復得》（*Lost and Found*）重訂書名，三個故事同論且共感，末尾，飄零的紅葉在鐘面落定更是意味著：凡彼種種，終將匯聚於時間之河。

展現冷靜幽默異想
——吉竹伸介的筆記繪本

刊於2020年4月5日《國語日報·兒童文學版》

　　吉竹伸介近年人氣甚高，其創作連續五年獲得日本雜誌「MOE 繪本屋大賞」，他為「小健」創作三本筆記式繪本，並置來看，封面和封底一樣編排，不規則的分格放置焦點人物，配色因為第二主角各有不同，內頁亦然，譬如《這是蘋果嗎？也許是喔》聚焦於紅色，其面積忽大忽小，包括蘋果「蛋」、蘋果「臉」、蘋果「人」，有一個頁面的蘋果「屋」，也有跨頁的蘋果「星球」；而《做一個機器人假裝是我》以綠色機器人為主視覺，就連兩個跨頁的主題也設定為綠色，亦即「家族樹」的綠人（頁12）以及「樹頭」的綠樹（頁28）；《爺爺的天堂筆記本》則呈現藍色氛圍，把天堂設定在雲端某處，第二十二頁的藍幕背景跨頁，爺爺的寂寞則被反白凸顯出來，順勢讓關注焦點轉移到自身的當下與周遭。

分岔的註記未必相關

　　筆記式繪本，以圖像理解，拉出許多分岔的註記，或相關或獨立，但同樣環繞著一個主軸，譬如《這是蘋果嗎？也許是喔》，首尾呼應，蘋果還是蘋果，吃了即可，中間的想像關乎顏色、形

狀、構造等等，一顆蘋果成了一科學問，有其歷史與未來，正經八百地描繪詼諧。而《做一個機器人假裝是我》則試圖透過替身瞭解自我，觸及生理與心理，從內部也從外部蒐集信息，因為，打造機器人替身必須備齊零件，所以必須解剖成長（頁11）並且回溯族譜（頁13），還得拆解大腦結構（頁27），全書從一己的「獨特性」岔開，回到他者的「普遍性」，種種設計看似完美，才喊「媽媽」就破功，急剎的結局令人莞爾。

自由聯想的調性統一

至於《爺爺的天堂筆記本》，一開始便籠罩著淡淡的哀戚，側重爺爺對於「天堂」的想像，篇幅慢慢開展，從死亡的過程到往生之後的居所，是享受自由的樂園？或者受罰的地獄？從身邊的細瑣軟件到外圍的環境與人事，回到情感軸線，讀者不免試想：需要哪些紀念物品？應該如何面對死亡？從預想未來到眼前此在，吉竹伸介用一個盪鞦韆練習飛行的畫面總結，關於死亡的壓力因此瞬間釋放。

進入故事，主角「小健」的生活充滿想像，認真又搞笑，拉高閱讀視野則能發現：三本繪本各有主軸卻也互有聯結，譬如《爺爺的天堂筆記本》當中，爺爺可能會變成蘋果的畫面扣上《這是蘋果嗎？也許是喔》的蘋果投胎論（頁20）；而《爺爺的天堂筆記本》最後一頁也與《做一個機器人假裝是我》的盪鞦韆畫面（頁6）頗為類似。看似鬆散的筆記繪本，因為人物個性與自由聯想的調性統一，三本各具機巧又共造舞台，從細節到架構，同時展現吉竹伸介冷靜幽默的本事。

繪本與筆記的隔閡消失

　　繪本做為筆記，或者筆記形成繪本，吉竹伸介讓兩者的隔閡消失，除了上述三十二頁篇幅的生活敘事，規模擴大卻又同時限縮於《什麼都有書店》，以同樣的註記描繪異想，時而分岔時而收攏，分岔時，地北天南，用頁緣色框與書籤標示，譬如第十四頁跨頁的「月光本」、第三十八頁跨頁的「書的祭典」以及第四十四頁連續三個跨頁的「世界一周的讀書之旅」和第五十八頁連續三個跨頁的「水中圖書館」；收攏之際，回到書店，去背的線條速寫人物動態，有男有女有老有少，書店老闆守著一方櫃台，來客提出要求，「瞇」著眼睛的老闆則往往回答：「有喔」、「當然有啊」以及「下次再來喔」，一派輕鬆。種種可能與不可能，狀似無序，實則循著兩條軸線同時展演，幫人找書，也是幫書找人，讓獨特性與普遍性產生衝突之趣。

　　換句話說，篇幅多達百頁的《什麼都有書店》，顯性焦點是「書」，種種異想開枝散葉，譬如「一本書的製造」、「書的後路」「降下書本的村子」乃至「作家之木的培植方法」。相對的，隱性焦點是「人」，譬如「兩人共讀本」、「愛書人」、乃至「書店婚禮」，其實也在強調書的妙用。書的末尾，著墨於「暢銷書」，如何才能「重版出來」呢？這是「書」自身與其產業鏈最關心的一個重點，然而，吉竹伸介再次畫出令人會心的冷語，因為，《什麼都有書店》就缺一本「絕對能做出暢銷書的方法」哪！

解析約翰・伯寧罕的夢遊隱喻

刊於2020年5月3日《國語日報・兒童文學版》

　　就文學母題（motif）而言，「旅行」做為隱喻，指涉目下困境，或穿梭時空，另覓脈絡；或逃遁天地，再闢可能。約翰・伯寧罕（John Burningham, 1936-2019）的繪本雖然常有「旅行」敘事，其規模卻小，也頗隨興，沒有特定目的，因為「同遊」才是重點，例如《和甘伯伯去遊河》（*Mr. Gumpy's Outing*）與*Mr. Gumpy's Motor Car*，前者旅伴「遞加」，後者本該「遞減」，卻鬧起彆扭，這兩次出門都碰上意外，一次翻船、一次陷入泥淖，但結局一樣溫馨。

日常遇見奇觀

　　約翰・伯寧罕的圖像旅行更常常是夢遊，譬如搭上能飛的《神奇床》（*The Magic Bed*），撿到迷路的小老虎倒好，發現海盜的寶藏卻得趕緊逃命；其圖像旅行也常常是白日夢，譬如*The Shopping Basket*，媽媽差遣史蒂文出門購物，回家路上，史蒂文遇見熊、猴子、袋鼠、羊、豬、象，這些動物一一索討，各自拿走想要的東西，右側頁面則為購物清單，東西排成倒三角形，每次短少一些，與讀者構成無聲的互動。

　　又譬如《遲到大王》（*John Patrick Norman McHennessy, the Boy*

Who was Always Late），男孩約翰因為遲到受罰，理由次次不同：鱷魚要搶書包、獅子來咬褲子、河水把人捲走……老師不予採信，讀者也不免疑惑：果真充滿危險？或者男孩瞎說？約翰·伯寧罕把回答描繪在最後一幕：屋頂上有隻大猩猩把老師抓了！老師呼救，終被「導正」的遲到大王卻說：「沒這回事吧！」有換位之趣，頗具嘲諷意味，更在探問：小男孩的學習之路，真正的障礙是什麼？

故事中的小、確、幸

　　單看旅程，不外乎形式，亦即「開頭、中間、結尾」，約翰·伯寧罕慣以頭尾串接而中間反覆或遞加，深究故事內裡，便可發現「小、確、幸」：小，因其主角與規模；「確」，因其虛實平行；「幸」，因其寄盼及寓意。譬如2014年出版的The Way to the Zoo，準備就寢的希爾薇發現房間這頭有一扇門，有通道，而通道盡頭的門後竟然有座動物園！接著，動物朋友們相繼到訪，進入臥室，闖向客廳也闖出「高潮」與「轉折」，希爾薇只好叱令動物離開，末尾，媽媽的無心之評則是約翰·伯寧罕慣見的冷語幽默。

　　此一「夢遊」模式，早於2004年便出現於《喂！下車》（Oi! Get Off Our Train）：貪玩小火車的小孩被媽媽趕上床，火車順勢成為交通工具，一入睡就出發，邊走邊玩，沿途碰上請求上車的動物，包括小象、海豹、白鶴、老虎與北極熊，動物們的困境不同，卻都是人類造成。其敘事反覆，略分五段，從圖像來看，這一趟，從日暮玩到正午再繼續玩到天黑，最後一頁卻來個雙重否定：旅程是夢但動物為真。

以夢遊陳情

　　若將《喂！下車》與 *The Way to the Zoo* 並置來看，近似度頗高，同為睡夢之旅，皆有「遞加」的動物旅伴，故事主軸都是就寢、起床、上學，被催促就寢的小孩一會兒怕睡不著一會兒擔心起不了床，因此，「睡覺」是蓄積壓力也是釋放壓力。換個角度來看，約翰·伯寧罕的繪本裡，大人即威權，譬如懲罰遲到的老師，譬如規定就寢時間的父母，而小孩與動物是弱勢，彼此友好，在現實裡是伴眠的玩偶，在夢遊中的形象也非吃人猛獸，故事裡，牆上的門限制體型（頁22），較小的動物才受歡迎，譬如企鵝、鳥類、無尾熊、小老虎、小犀牛，後來，動物們玩瘋了，小女孩希爾薇變成執法者，驅趕所有動物（頁33），打掃居室，回應了大人的平日的「教訓」。

　　而在《喂！下車》當中，動物經過挑選，有其「代言」目的，亦即：小象揭櫫盜獵、海豹報告海洋汙染與濫捕、白鶴為溼地乾旱陳情、老虎憂慮森林面積、北極熊擔心自身皮毛。儘管如此，約翰·伯寧罕並未在書頁上大聲訓誡或提出建議，而是透過小孩與動物嬉戲的畫面傳達其寄望，正如對小孩的「放養」主張一般：隨意想像、放任遊玩，「夢遊」因此隱喻自由自在、無所拘限。

　　約翰·伯寧罕的圖像旅行，不時變換交通工具，譬如搭船、騎馬、開車，走路也行，甚至是泡在浴缸裡或躺在床上都能前往異地探「險」，動物常常做為旅伴，是重要的配角，反之，若以動物做為旅行主角，譬如《寇特尼》（*Courtney*）與 *SIMP* 則觸及流浪，帶著淡淡的悲傷，是現實而殘酷的夢遊。

彼得・布朗的城市與荒野

刊於2020年7月12日《國語日報・兒童文學版》

從《荒野機器人》（*The Wild Robot*）與《荒野機器人大逃亡》（*The Wild Robot Escapes*）兩本小說的形式來看，彼得・布朗（Peter Brown）讓機器人羅姿（Roz）經歷一趟「英雄之旅」（the hero's journey），但與坎伯（Joseph Campbell, 1904-1987）所提出的「離家、啟蒙、歸返」不同，機器人羅姿走的是一趟「逆行」，她捨棄原生之地，定居荒島，就連她的設計者博士莫洛芙（Dr. Molovo）也體認到：「她不屬於機器人或人類」，而是應該「野放」（go wild），與動物朋友為伍。若探入內容，將「機器人羅姿」置換為「老虎先生」（Mr. Tiger）與「柯碧女士」（Ms. Kirby），分析人物所在的背景，則可發現故事主題從個人的「變身」推進到環境的「認同」，關乎「地域」與「空間」的改造與永續。

環境變換心境

從《老虎先生》（*Mr. Tiger Goes Wild*）的英文書名可知，「野放」（go wild）有兩層意涵，既指行徑也指地域，相較於舉措有度的動物同類安於城市的「灰頭土臉」，老虎先生越變越狂野，他四足著地（頁10），他脫掉衣服（頁20）、最終奔向荒野（頁27）。

然而，日子一久，寂寞襲來，老虎先生決定返回。另一方面，城市的改變也漸次發生，有些動物開始四腳行走，末尾，動物們一個個擺脫束縛並且跟隨老虎先生奔向荒野。

故事前半，彼得‧布朗只凸顯「老虎先生」，其餘角色與場景設定偏向黯淡，包括沉悶的房舍以及的嚴肅的居民，唯一「生氣」是對老虎先的指責。後半，色調轉為青綠，然而，相較於機器人羅姿所在的小島荒野，老虎先生的荒野接近城市，從削齊的山陵、平靜的水瀑、工整的樹形等等來看，或可判斷這是一處人力維護的林區，即便如此，綠意仍然具有活化生命的力量。

在《我的老師是怪獸》（*My Teacher is A Monster*）當中，「柯碧女士」相當嚴厲，盯緊教室裡的一舉一動，尤其禁止「在教室裡玩紙飛機」，故事前段，柯碧女士總是把「巴比」（Bobby）喊做「羅伯」（Robert），直到巴比救了柯碧女士的帽子成為「英雄」，此後，怪物的容貌漸漸溫柔，被禁制的紙飛機翱翔天空則象徵「野放」（頁22），雖然故事末尾，柯碧女士依舊鐵青著臉並且斥喝「羅伯」，本來對峙的師生已經變成分享祕境的同伴。

而此祕境，彼得‧布朗用第六頁的跨頁描繪其造設，俯視之下，斜立的方圓內，有山有水，樹木、涼亭、長凳、池塘皆備，高處景觀尤佳，正好來玩紙飛機，巴比的身心可以完全「野放」。

荒野改造城市

城市近郊的林區以及城市內的小公園，甚至算不上「荒野」，置身其中，同樣能感受其美好，不論角色設定是否擬人，彼得‧布朗以類似的視野與筆觸描摹綠活的環境，譬如機器人羅姿爬上樹梢放眼小島，以及滿腹思念的老虎先生獨踞枝幹（頁32），兩種景觀

兩種心緒，前者林木尖銳卻是自由國度，後者枝葉繁茂但缺友伴，並置來看，有兩種解讀：其一，機器人與老虎先生實則擬人，觸及環境議題，試問人類能否存活於荒野？又或者定居城市，偶爾野放即可？其二，城市乃牢籠，機器人與老虎先生皆是人類文明的受害者。

　　那麼，人類又如何對待自己呢？在《奇妙的花園》（*The Curious Garden*）當中，沒有花草樹木的城市，黑煙四起，不見天日（頁2），大部分人只在室內活動，直到小男孩連恩（Liam）帶動改變，處處生出綠意。彼得・布朗在書末說明：故事的原型是美國紐約市的「高架天線鐵軌公園」（The High Line），自然力用花草樹木接管了荒廢許久的鐵軌。近年來，綠化活動仍然持續進行著，譬如英國雪菲德鎮（Sheffield）的「從灰到綠」（From Grey to Green）計畫，運用「永續都市排水系統」（Sustainable Urban Drainage System, SUDS），同樣是模仿自然，以荒野改造城市。

　　回到文本，單獨來讀，可以串起敘事軸線，抓出轉折與關鍵；也能以「小」做「大」，以「自我」聯繫「自然」；綜觀來看，更能發現彼得・布朗的圖像語彙，亦即，荒野景緻是「層」巒「疊」嶂，從畫面近處向遠處羅列，以層次疊出深度與高度；反之，城市樣貌是「櫛」比「鱗」次，左右並列，擁擠而密集。再者，比較繪本與小說的語境，或偏提綱，或重細節，彼得・布朗的文字與圖像同樣簡潔，不煽情，僅僅清晰描摹，安靜陳述城市與荒野的境況。

李歐・李奧尼的小特色

刊於2021年4月11日《國語日報・兒童文學版》

四度獲得凱迪克獎（The Caldecott Medal），李歐・李奧尼（Leo Lionni, 1910-1999）以繪本《一吋蟲》（*Inch by Inch*）、《小黑魚》（*Swimmy*）《田鼠阿佛》（*Frederick*）與《阿力和發條老鼠》（*Alexander and the Wind-Up Mouse*）受到專家肯定，這些作品發行多國譯本，譬如《小黑魚》日文版由詩人谷川俊太郎翻譯，故事再濃縮為十頁篇幅，自1977年起就被收入光村圖書版的二年級上冊課本，吸引更多讀者。乃至2019年，繪本雜誌《萌》（*MOE*）的六月號卷頭特刊便以「小黑魚與李歐・李奧尼」為題，介紹其書與人，其中一個跨頁刊登課本讀者的閱讀回憶，另一個跨頁則讓譯者谷川俊太郎談談其圖文迷人之處。

力量不容「小」覷

在《小黑魚》當中，「小」與」黑」是視覺焦點，也是故事的軸心，前半段，白浪中的「小」與「黑」顯得孤單，後段則用連續四個跨頁描繪小魚群的意志與動向，從點點分散「小紅」聚集為「大紅」，從自保到團結到嚇退強者，形勢逆轉，「小黑」變成「大紅」之眼，且目光堅決，毫不畏縮，乃至末尾構成一幅經典畫面。

　　同樣鍥而不捨的「小」主角是「一寸蟲」，牠一路「寸」量，從知更鳥的尾巴、紅鶴的脖子、犀鳥的嘴、蒼鷺的腳、雉雞的尾巴到一整隻蜂鳥的身軀，從觸覺的長度「寸」量到聽覺的長度，末尾，夜鶯的歌聲將這一場又倉皇又優雅的逃命唱向高潮，結局叫人莞爾又放心，讀者霎時領會李奧尼安排角色的用心。

　　相較之，《小黑魚》以遠觀、以數量聚焦其「小」，《一寸蟲》則以拉近、以局部凸顯其「小」，皆在呈現異類之間的弱肉強食，卻被李奧尼描繪成浪漫與哲思。

照見自己的「特」長

　　同類之間的處境對照，李奧尼則選了小鼠來當主角，譬如《田鼠阿佛》，不似同伴勤於四肢勞動，整日呆坐的「阿佛」只動腦子，卻辯稱是在收集「陽光」、「顏色」與「文字」，亦即，李奧尼把這些「沒用的東西」與食物並列為「儲糧」，並且讓它們派上用場，幫助田鼠們度過漫長嚴冬，「阿佛」被拱為「詩人」，彼時之怠惰此際變成先見之明。

　　而在《阿力和發條老鼠》當中，一直被驅趕的「阿力」渴望被寵愛、被擁抱，因此尋求魔法變成「發條老鼠」，最後，「阿力」認清事實，反而祈求「發條老鼠」變成自己的同伴，結局也得償所願。

　　這兩本繪本，畫面做上下區隔，有如天地，其比例讓空間或增或減，也點出小鼠拘限的活動範圍；再者，李奧尼以撕畫與拼貼營造角色的立體感，用大石頭拱起「阿佛」，用「阿力」凝視空紙箱，同樣預告處境的轉變，但前者留待讀者想像，後者則以溫馨收尾。

變與不變的本「色」

李奧尼擅於描繪異同，除了對照大小、強弱與真假，在《小藍和小黃》（*Little Blue and Little Yellow*）是擬人劇場，展演虛實，顏色自行調和，以點、線、面分列代擬動態；在《自己的顏色》（*A Color of His Own*）裡，則由變色龍擔綱，動不動就變色，直到另一隻變色龍出現，異同乃得暫時消弭，再度返回友誼敘事。

在《魚就是魚》（*Fish is Fish*）裡，蝌蚪與鰷魚是異類朋友，共度池中歲月，直到蝌蚪變成青蛙，上岸冒險。本來平凡的敘事，在李奧尼的彩筆之下跳脫慣常，嬉逐「無稽」之趣，接著，李奧尼用連續四個跨頁分裂對話與想像，圖文矛盾卻興味橫溢，鳥變魚，牛變魚，人變魚，令人捧腹的想像堆疊，一直到第四個跨頁，無字但畫面繽紛滿版，亦即：小鰷魚亢奮不已！

然而，當李奧尼把故事情節與閱讀情緒一起推向高潮的頂點之後，後續發展急轉直下，上岸的魚，倒懸捱命，這般情調反差猛然砸出環境衝擊，引發省思；接著，再一個扭轉，青蛙前來搭救，李奧尼又插起「友誼」大旗，故事末尾，青蛙與鰷魚分踞池上池下，回到「適性」與「生存」主題。

綜觀之，李奧尼以主角造設敘事，因其「小」、「特」、「色」，圖文或合奏或衝突，演繹變與不變的主體與環境，實則反襯堅固之物，譬如異類友誼，又譬如想像與詩意，透過不同的顏色、媒材與技法呈現主角所在的場景，一方面形塑主角的個性，一方面鋪陳場景的多樣與詭譎，亦即：世界充滿危險，不論海中、陸上甚至草間，物種相競，生存乃是最真實而殘酷的遊戲，然而，處理如此嚴肅的論調，李奧尼避開血腥，畫得繽紛卻說得隱晦而幽默。

黃海科幻童話中的機器

刊於2020年8月《文訊》第418期，頁60-2。

　　穿上「科幻」戰袍，黃海小說在成人文學界頭角崢嶸，轉入兒童文學界，「科幻」蛻變成隱形斗篷，披在敘事之上，出入時空，接引驚異，預言未來，黃海以赤子之心琢磨童話，試圖不讓科技元素減損作品的藝術性，透過淺顯的文字說明知識，作者乃化身全知全能的「博士」，發明各類「機器」（machine），當做詮釋之用的「文學裝置」（literary machine），以之議論與批判，使其敘事產生意義。

機器之父與子

　　將常見的「男性科學家」人物設定兜來筆下，黃海科幻童話也從機器之父寫起，在《誰是機器人》（國語日報，1996）當中，傷腦筋博士打造快樂機器人，成為小主角安安的保母，介入其日常與煩惱，甚至戴上面具成為替身，一則又一則生活故事猶如台灣版《哆啦A夢》（ドラえもん），情節中偶爾出現當時盛行的漫畫與卡通《機器貓小叮噹》，或有致敬之意，或有互文之趣；不同的是，快樂機器人沒有各式「未來道具」，其唯一神器是胸前螢幕，可以上演童話（頁82），讓小主角進入故事扭轉結局，機器僅為劇

中劇的播放裝置，夢或想像才是啟動機器的開關。

　　該書末尾四分之一篇幅是另一個故事，直指臭氧層破洞造成生物浩劫，機器人小豆豆帶著苦主企鵝向人類抗議，展開「補天行動」，一起揪出汙染源（頁200）。而更早出版的《時間魔術師》（九歌，1991）、《大鼻國歷險記》（民生報，1992）與《帶往火星的貓》（皇冠，1994）也都有人形機器人，譬如在《大鼻國歷險記》當中，有電腦稻草人「黑黑」與「皮皮」負責打麻雀（頁138）；《帶往火星的貓》則有「小精靈」與「大力士」乘著銀河九號太空船，為了偵查「第二個地球」而抵達「大善星」（頁69）。是故，機器人的角色從個人替身到家庭成員推演至社會分子乃至地球公民，由命名與能力來看，名為服務，實則反襯，人類所面臨的問題與困境都被機器人一一枚舉出來。

合成動物與植物

　　由於出版年代差異以及編輯需求，上述幾本童話的主角與場景或反覆或重疊，且因篇幅短小，顯得片斷而零亂，精選而成《黃海童話》（九歌，2006）一書，敘事主軸及脈絡乃得以凸顯，人類不僅破壞生態與環境，更危害了子孫與眾生，人類既是麻煩製造者，也是問題解決專家，戮力於科技研發，一如〈大鼻國歷險記〉陳述，大鼻人的生存空間每況愈下，機器人獨力難支，救急必須仰賴「生態飛行球」，立刻提供新鮮的食物與空氣（頁39），後續還要借助遺傳工程技術培育出來的蘋果牛與青草羊，讓土地恢復綠意（頁37），萬物方能再現生機。

　　從故事內容來看，黃海一方面描繪舊世界的禍害，譬如核戰餘毒、空氣汙染、地方荒廢、食物缺乏以及人類畸形化，長出第三隻

腳（頁68），另一方面則想像美好的新世紀，譬如〈天空勇士的傳說〉，伸張動物權，讓智慧豬擔負重任，移民太空島、攔截小行星乃至改造火星，以資證明「豬腦比人腦與電腦都優秀」（頁140）；又譬如〈霹靂星球綠傘人〉，把地球上已滅絕物種移居異星球，交由植物人復育（頁173），換言之，若可善用遺傳工程技術，人類或可修補過失，然而，繼續扮演造物主，前景難料，箇中風險仍不容低估。

　　該書收錄十四篇科幻童話，可以發現黃海關注的主題，例如機器人、時光旅行、太空冒險等等，皆以散文敘述，可以嚼出語言的時代味，其中幾篇故事插入歌曲佐趣，譬如智慧豬們唱起「豬哥豬妹長得俏／比人聰明不怕笑」（頁132），是帶著嘲諷的滑稽歌；而「踩著青草，踩著綠／跳著舞步，奔向大地／呵呵呵，這個星球名字叫美麗」（頁168），則是抒情的讚美歌，把人類的語言教給綠傘人，也為嚴肅的情節轉換氛圍。

科技及其副產品

　　黃海童話以短小篇幅居多，《宇宙密碼》（字畝文化，2018）一書亦然，雖然仍稱科幻，形式看似分行詩，減省了邏輯與轉折，不做鋪陳，但也同樣羅列各式「機器」，有描寫人形機器人的〈機器人之旅〉（頁24）與〈貓小姐的機器人〉（頁44）以及微型機器人的〈螞蟻賽車手〉（頁74）與〈奈米機器人：螞蟻‧蚊子‧蒼蠅〉（頁82）；關於太空船的則有〈火星任務〉（頁78）、〈天空的礦工〉（頁90）與〈太空救援〉（頁96）。另外，時光機牽扯時間與空間，宇宙方舟涉及生物保種，這些不變的敘事母題（motif）顯示人類一直面臨物種演化、生存競爭與環境變遷等等多重壓力，

不得不致力於創新科技以圖保身續命，然而，如果仿擬昆蟲的奈米機器變成武器，戰爭將無可避免？更多人造衛星充斥，太空垃圾應如何處理？亦即，新科技早有副產品（by-product），恐懼與不安已經隨踵而來。

該本童話冠上「星球科幻」，把黃海創作領域再向「上」限縮於「宇宙」，暫時撇開人類及其困境，探索更大奧祕，且多以動物角色擬人，「博士」改由貓頭鷹、螞蟻與貓兒擔任，敘事口吻輕鬆，有旁述、有對話，節奏輕快，譬如〈時光機與狐狸作家〉以「回到未來」的母題結合創作、抄襲與出版，將未來暢銷之書竊回現在印刷，卻是整本空白（頁108），頗具嘲諷意味。

這二十五篇作品，少了情節的起承轉合，故事性稍弱，作者意圖隱諱，情感成分不多，分段、分行留出言外空白，交由讀者填補，涉及科幻的元素另以各式「便利貼」（post-it note）呈現，有些是舊日事件，有些是天文常理，或如提問（quiz）或如科學詞條（index），但知識含量不足。在《科幻文學解構》（成信文化，2014）當中，黃海將這些短篇稱為「兒歌似的小品文」（頁363），誠然，箇中詩質與韻味皆淡，科幻主題拘束了行列，形式與內容難以兼備，只做陳述，不做分析或解釋，可見左右兩難。

綜觀之，黃海科幻童話雖乏整體性（totality），有時單篇，有時數篇串聯，卻有其一貫性（transversality），以敘事聞問，拜領科技，穿梭時空，橫越小說、童話、散文與兒歌，皆以「科幻」提破，筆墨造設「機器」，奔駛往來於文字之旅。因此，一如德勒茲（Gilles Deleuze, 1925-1995）將「機器」轉譯成「文學裝置」，再訪普魯斯特（Marcel Proust, 1871-1922）的追憶年華，藉此重讀黃海科幻童話亦然，故事中以想像為零件的各種「機器」，正是科學（science）與虛構（fiction）的載具，有其時代性與前瞻性，兼集知

性與感喟，試以故事思辨，譬如「生態飛行球」即「小地球」，乃
黃海透過科幻童話提出拯救未來的解方，在人類尚難抵達「第二個
地球」與「第三個地球」之前，其可行與否，留待科學與技術，或
驗證或推翻。

卷三　兒歌與童詩

兒歌詩不詩？

刊於2017年6月《吹鼓吹詩論壇29號・歌詞創作專輯》，頁82。

　　童詩，一如「現代詩」之爭，因「人」而「議」，因此，筆者嘗試反向論之，針對「台灣兒童文學叢書」的四本著作，辨析詩歌差異，其中，華霞菱的《海上旅行》與馬景賢的《小問號》為「兒歌」，趙天儀的《西北雨》屬「童詩」，林良的《沙發》則標註著「童詩・兒歌」，是「淺語」跨界之作。

一、兒歌短小

　　華霞菱的《海上旅行》與馬景賢的《小問號》同樣收錄八首兒歌，最短的四句，是華霞菱的〈種花〉：「小風吹，小雨下／小小種子發了芽兒／伸伸胳臂伸伸腿兒／快快長大快開花兒」，以反覆的形容詞「小」與「小小」以及動詞「快」與「快快」構成，末三句的捲舌「兒」收了「音」，節奏變輕快起來。至於最「小」的，則是馬景賢做為書名的〈小問號〉：「叩叩叩！／快開門。／你是誰？／小問號。／問什麼？／問問題。／什麼題？／自己猜。／怎麼猜？／問自己。」從形式來看，這是三個字的一問一答，內容並沒有什麼「大問題」。

二、童詩敘事

趙天儀的《西北雨》包含七首作品，有人物和簡單的故事，最長的〈雛鳥試飛〉則有二十八行，分為七段，如詩題所示，內容描繪一隻振翅的雛鳥「在低空中試飛」，從俯視的角度，詩文形容天空與海水，有顏色有聲音，此外，反覆出現的鼓勵則是詩人的聲音：「飛吧！」第二段與第四段各自反覆兩次並且帶著驚嘆號，尾段的「飛吧」則是放在句末，語氣不再激昂，通篇最後一句更寫道：「不會飛，就會墜落海上茫茫的深淵」，氛圍跌宕，從光明的希望轉為殘酷的現實。

三、詩歌模糊了

相較於上述三本，林良《沙發》當中的八首作品，〈喝下午茶〉、〈等爸爸回家〉、〈我的好朋友〉用第一人稱「我」說生活點滴，〈沙發〉與〈蝸牛〉則是擬人的「我」，〈駱駝〉側寫動物，以動物為題但是寫景的則是〈白鷺鷥〉，另外一首〈月球火車〉寫道：「小火車，／停一停，／我也要到月球／去旅行。／我沒有車票，／給你們紅蘿蔔／要不要？」以童言童語的「無韁」展現「無稽」之趣，詩文概分兩段，韻腳分散，用了標點符號，卻非分行依據。

四、童詩沒譜兒

　　以上分析，是從文字的「形式」與「內容」切入，要能「唱來聽聽」，當是少不了「曲調」，因此，市面上標榜「琅琅上口」的兒歌，大都依據「幼稚園課程標準」，單句採用二拍、三拍或四拍，便於記憶，也可以搭配肢體動作，進行遊戲。譬如《小太陽1-3歲幼兒雜誌》104年10月號裡，李紫蓉的〈河馬刷牙〉唱道：「小河馬，／大嘴巴，／小鳥幫他刷刷牙，／邊刷邊唱咿咿咿，／邊刷邊唱啊啊啊。」押「ㄚ」韻處「張嘴」，押「一」韻時「橫刷」，不正是刷牙的「標準動作」嗎？

　　因此，要讓小讀者能讀能懂，陳正治為「兒歌」歸納了五個特質：「趣味性」、「實用性」、「淺易性」、「音樂性」、「文學性」（頁5），那麼，據此同時審度「兒歌」與「童詩」便可發現：「兒歌」的「實用性」比較顯著，或唱遊或口傳知識；而「童詩」除了貼上「文學性」標籤，更要將「想像」與「思維」這兩個重要成分用粗體標示出來。

行間字裡讀童詩
——兼論《紅色小火車》與《跟太陽玩》的圖文關係

刊於2018年8月31日「政府出版品資訊網」
https://govbooks.tw/news/9652

　　由國立臺灣文學館出版的童詩集《紅色小火車》與《跟太陽玩》，出於典藏目的，企圖將一部作品做好、做滿，附件不少，包括詩篇之前的「作家身影」，詩篇之後則有「作家朗讀」、專文賞析以及延伸思考，提供了完備的資料，但在有「聲」有「色」的編輯材料之外，讀者或研究者仍然必須回到文本，亦即詩文與插圖，逐篇細讀與比較。

插圖：台灣味與童話風

　　兩本詩集皆收錄八首作品，詩作一一獨立，插圖表現手法卻是統一，《紅色小火車》好似把住家、周邊以及大環境畫在一張地圖之上，其中藏匿了標記台灣的動物與植物，即黑熊、獼猴、白頭翁、金達萊等等。此外，為了呼應書名，每一幅畫面都出現大小不一的「紅色」，舉凡景緻、房屋、衣服，物件，甚至沒有戲分的兔子，也被插畫家楊麗玲點上「紅」鼻子。

　　「紅色」為主視覺，第16頁的〈妹妹的紅雨鞋〉聚焦於金魚樣的「紅雨鞋」，妹妹並未露臉，第22頁的〈影子〉則是「紅短靴」，所以這一身洋裝的女孩就是那個「妹妹」？這個猜測立刻被詩句中的「我」推翻；那麼，真正的「妹妹」是第24頁〈小獵狗〉當中正在寫字的妹妹吧？背景中嬉戲的貓與狗，也早在第14頁曾經一同欣賞〈日出〉了？不過，第12頁〈我自己也不知道〉以及第18頁〈紅色小火車〉的「我」若是畫面中的小男孩，跟〈影子〉玩的「我」就不是那個一身洋裝的小女孩吧？亦即，前後種種矛盾，皆因「紅雨鞋」與「紅短靴」混淆了角色設定。

　　相較之下，插畫家邱承宗為《跟太陽玩》打造童話場景，若從第18頁的巨人與城堡為中心向外拓展，這一方，在第20頁追上〈兩朵雲〉，那一端，坐上熱氣球，在第22頁發現太陽藏臉；或者，跟著〈放風箏〉走遠一點，在第12頁發現大地〈換新裝〉，也在第16頁看見貝殼躺在海灘上。反之，改變觀看的順序，以第24的〈時光倒流〉為起點，便得倒轉書頁，這才發現：天空是海洋，大鯨頂著房屋，而大鯨的噴氣孔竟是煙囪！如此一來，雲端有巨人，豌豆的綠藤穿梭其間，最遠的畫面則是第10頁的第一篇〈「春」的話〉，一場昆蟲大戰眼看就要發生？

文字：寫詩如同口說

　　詩人林煥彰的〈妹妹的紅雨鞋〉多次收錄於繁體與簡體版的詩集當中，譬如1999年的富春版以及2017年的簡體長江文藝版，書名皆為《妹妹的紅雨鞋》；而單篇詩作，分別收進2014年聯經出版的《花和蝴蝶》以及2017年重慶出版的《妹妹的圍巾》，小學一年生的康軒版《國語》課本則將該分行詩改成短文形式，因此，〈妹

妹的紅雨鞋〉總被視為詩人的代表作。相較之下，詩人黃基博的童詩集近年略為少見，同在2016年出版的《夕陽年紅紅》與《跟太陽玩》並未出現反覆選編的詩作。

就詩論詩，《紅色小火車》與《跟太陽玩》各收八首，篇幅皆短，林煥彰多寫情，黃基博常寫景，但修辭相通，寫詩一如口說，直感境遇，因此詩作有不少類似主題，其一是「春天」：林煥彰的〈春天的眼睛〉把花開擬成各種形色的眼睛「睜」開，黃基博的〈「春」的話〉則以男性「春先生」的口吻反駁「春姑娘」的慣稱。其二是「太陽」：同樣將焦點放在「臉」上，胖胖的臉在林煥彰的〈日出〉裡，偷看的鬼臉則掛在黃基博的〈跟太陽玩〉當中。相似主題之三為「時間」：林煥彰聚焦於身高變化，黃基博則逆向拉長，從老年回到「母親的肚子裡」（頁24）。

第四個相似點為側寫「親情」：在〈小貓走路沒有聲音〉當中，林煥彰以鞋子表露媽媽的愛，因為那是「最好的皮做的」（頁10），而黃基博則希望透過「風箏」（頁14）轉告小孩對父母的掛念與叮嚀。第五個類似的書寫主題為「想像遊戲」：林煥彰的〈影子〉是自己跟自己玩，黃基博則把〈兩朵雲〉看成姊妹戲耍。

圖文關係：附屬的藝術

如前所述，《紅色小火車》與《跟太陽玩》的製作目的在於保存與傳世，對於詩人而言，提筆就寫往往只在捕捉當下悸動的一瞬，為了出版而挑選的作品，或為代表或因鍾愛，不按創作順序，也未必循著單一主題，支使文字的第一人稱可能不是「我」，因此，插畫試圖用一片布景來描繪整部詩集難免有違和之慮。再者，僅僅只用一個物件概括詩文意境不是不可，但是調性應該吻合，然

而，《跟太陽玩》第16頁的〈貝殼〉，造設與其他頁面不同，視覺焦點落在「貝殼」之上，一旁的英文簽名顯得相當突兀。

諾德曼（Perry Nodelman, 1942-）在其著作中指出：「插畫家是附屬的藝術家，其作品寄生於已經存在的作品之上。」（Illustrators are subsidiary artists, their work a parasite on work that already exists., p.79），所謂的「已經存在的作品」，此處即指詩篇乃至整部詩集，因此，必須檢視的是：插圖能否幫襯文字？是否產生相乘效果？若在畫面匿藏細節會否破壞文字的想像空間？

相較於慣見的單張規格，《紅色小火車》與《跟太陽玩》的插畫是從頭到尾構建了單一敘事場景，如此連幅連卷的詮釋方式其實難度頗高，然而，因為忽略詩文本身的口語化與生活感，導致圖文疏離：《紅色小火車》描繪在地風土，以「紅色」連綴，卻使人物模糊；《跟太陽玩》雖然頗富童話色彩，但錯置「巨人與碗豆」，場景和語境衝突，幾乎捨棄詩文的日常性與親和力。

解析谷川俊太郎的詩繪本

刊於2020年8月16日《國語日報‧兒童文學版》

詩人谷川俊太郎（1931-），享譽國際，素稱「日本國民詩人」，詩文雖然淺白，主題卻顯極端，此端詼諧，譬如《誰在放屁》與《大便》，拿生理反應開玩笑；彼端嚴肅，譬如《從前從前》觀照內心與《這個孩子》觸及童工議題，對比大時空之下的自我與他者。前者的正經令人捧腹，後者的恆常令人揪心。其詩作各具調性，但在不同插畫家的詮釋之下，筆觸有別，風格殊異，卻一樣吸引大小讀者。

教科書著重詩文的音樂性

谷川俊太郎的詩作廣為日本學童熟知，他的〈嚇一跳〉（どきん）以及〈活著〉（生きる）收入光村版三年級與六年級的《國語》教科書當中，〈嚇一跳〉全詩十行，句子形式為「動作描述＋擬態語」，且為疊字副詞，譬如第一句的「溜溜」（つるつる）與第四句的「嘎啦」（がらがら），搭配幾何形狀的插圖，聚焦於文字的音樂性。長詩〈活著〉則有三十九行，並無插圖，整整兩個跨頁，以「生きているということ／いま生きているということ」（所謂活著／所謂活在當下）反覆五次，分為五段，以中性而平緩

的詩句點描存在的物件與景狀。

　　繪本《活著》由插畫家岡本義朗（1973-）擔綱展演，從昆蟲界的存亡挪移到一個家庭，兩條生活動線，老小分進，偶爾相聚，劃分今昔，劃分生死，猶如電影運鏡，其視覺動線從近到遠，其設色從明到暗，其氛圍從熱鬧到孤獨，高潮是慶生時的明亮與喧騰，下一幕，恢復靜謐，爺爺身影以暖光襯托，看著孫兒在暝暗中安穩入睡，末尾，鏡頭拉到最遠，眺望地球，結尾的極大倏忽串接開頭的極小，道出結論，亦即：生死如是，如是循環，比比皆然。

繪本各自呈現聲音景觀

　　短詩〈屁之歌〉（おならうた），原有八句，出版於2006年的繪本《おならうた》則擴充為十五行，其句型類似〈嚇一跳〉（どきん），分為兩節，但為「動作描述＋擬聲語」，且為短促單音，譬如第二句的「啪」（ぼ）與第四句的「啵」（ぽ），母音不同，清濁不同，但中譯本《誰在放屁》標示「ㄅㄨ」，擬聲效果遜色許多，尤其最後一個跨頁，屁聲齊鳴，只見注音符號，可知字義，卻少了響屁的聲音景觀。幸好，插畫家飯野和好（1947-）以「黃色噴霧」描繪響屁，每每在關鍵時刻「嗆」聲，其「轟」動效果顯露於一雙雙眼珠，或詫異或尷尬或隱忍，表露了莊重的戲謔。

　　而《大便》原詩分為九組對句，合計十八行，以大小、形狀、顏色、用途等等進行比較，插畫家塚本靖（1965-）讓畫面大部分留白，以蠟筆塗鴉堆疊各種大便，具象而立體，彷若可以聞見味道。詩文後段的重點放在人類身上：不論美醜或地位，凡人都得排便。末尾，小男孩和大便的笑容如出一轍，如釋重負，其輕鬆感，引人共鳴。唯中譯本以「千奇百怪」與「萬紫千紅」取代日文的「いろ

いろ」，搯去「很多」想像空間。

平行時空裡的男孩與你我

谷川俊太郎常以「我」發聲敘述，在繪本裡常被描繪為男孩以貼近小讀者，然而，此「我」是你、是吾輩，跨越時間與空間，繪本《從前從前》（むかしむかし）中，前半段小男孩一人生活於洪荒大地，無拘無束，感受太陽與風，也被死亡觸動、被孤單包圍，中段以夢境過渡如時間之河，插畫家片山健（1940-）則以一條黑線具象呈現這一條的「時間之河」，兩端是拔河的影子與「我」，另有空心線條的「我」旁觀，跨頁也跨越時空，翻頁之後，變成此刻當下的「我」，在市街玩耍，有小狗相伴，先後對照，意味著「我」仍是「我」也非「我」，因而此產生關於「存在」的思辯。

相較之下，《這個孩子》（このこ）又近又遠，敘述者「我」與「這個孩子」各有日常，插畫家塚本靖選擇只描繪一種生活樣貌，先用四個跨頁概括非洲童工的勞動生活，接著帶入詩句，讀者必須一面聽著詩文中的「我」述說，一面用眼睛觀察寫實畫面，箇中差異則透過學校場景讓平行世界同框，亦即：就學與玩耍，試圖喚起小讀者的感受。末尾，兩個跨頁的黑幕凸顯亮黃色的「可可果」與「星星」，兩者並置，前者沉重，後者微渺，共同指涉「未來」之困境與寄望，但詩句停駐在「誰能告訴我」之上，可知現實並不樂觀。

林良童詩中的口語與詩意
——以《沙發》與《蝸牛》為例

刊於2021年3月7日《國語日報‧兒童文學版》

　　獻身兒童文學的林良（1924-2019）擅寫生活散文，細數家常；其兒歌與童詩形式簡單，同樣以「淺語」描摹，拾掇微渺，林良常以第一人稱敘述，視角與兒童齊高，傳達最直接的感受。其創作主題，偕同歲時更迭，又嬗遞又反覆，以萬物為人，人做萬物，彼此互動，種種樣態皆呈現直觀之趣。

淺白，詩寫生活

　　林良長年撰寫《國語日報》語文版的橫幅專欄「看圖說話」，匯集而成《林良的看圖說話》（1997），後來更名為《樹葉船》，並與《青蛙歌團》與《月球火車》合併為套書（2009），前者插入十六幅陳麗雅的植物插圖，譬如〈高麗菜〉與〈柿子〉，後者插入十四幅劉伯樂的鳥獸插圖，譬如〈大卷尾〉與〈夜鷺〉，猶如「圖鑑詩」，描摹了生物特徵與棲地，不似其他生活小詩。

　　在《國語日報週刊》初階版專欄，林良與插畫家貝果合作，以詩歌標記日常，先後出版《我喜歡》（2012）與《今天真好！》（2013），兩書皆依時序、節慶與學期編排，這些作品篇幅較大，

詩句較長，有些格式十分工整，譬如《我喜歡》當中的〈早起的祕密〉有四段，每段四句，每句七個字；《今天真好！》當中的〈布置耶誕樹〉則有五段，同樣也是每段四句、每句七字。這兩本「詩歌繪本日記」，記錄兒童的作息與點滴，雖有小孩口吻，隱約可聞長者耳提面命之語，叮嚀著生活常規。

　　林良以「序歌」載明《看圖說話》系列的寫作初衷，他寫道：「圖畫細細的看／兒歌輕輕的念／念了一遍又一遍」，後來的新序則說「在畫裡找詩」、「在畫裡找歌」，為識字教育服務，也為獨立畫作配字，皆有目的，相較之下，出版於1993年的《林良的詩》乃自主之日常觀察，形色熱鬧，羅列煩囂，但其〈半夜〉一詩的末尾寫道：「半夜裡出現了／現代的古代／有一陣清風／有一個月亮／有一個寧靜的天空」，躁動凝結，靜謐而詩意。

口語，內心獨白

　　在《林良的詩》當中，〈沙發〉一詩或可視為代表作，多次被收入童詩選集，包括《打開詩的翅膀——台灣當代經典童詩》（2004）、《樹先生跑哪去了——童詩精選集》（2010）、《沙發》（2015）與《蝸牛》（2017），該篇乃沙發自述，文字編排可分一段式與兩段式，兩段式又有橫排與直列之別，大抵仍以兩個引號中的短句做為停頓，前一句的「請坐請坐」是被動接受，些微無奈，下一句的「讓我抱抱你」轉為積極，糾正一般印象誤解，氣氛霎時明亮，讀者彷若看見「沙發」張臂的熱情與欣喜。

　　《林良的詩》共有三十八首，全數收進《蝸牛》一書，擴增為七十八首，其中〈駱駝〉與〈蝸牛〉同樣被編入《沙發》與《蝸牛》，這兩首詩，看似描繪動物屬性，卻是別有託寓，林良用〈駱

駝〉自擬寫作景況，其末尾說道：「從來不問：／到了沒有／到了沒有」，既否定又疑問，既直白又隱喻，敘述之後使用冒號，反覆的問句乃駱駝自言自語，是「間接內心獨白」（indirect speech），為讀者留下「問了沒有」的懸念。相較之下，〈蝸牛〉採用「直接內心獨白」（direct speech），全詩以蝸牛的第一人稱口吻說話，末尾的「我最後再說一次：／這是為了交通安全」也使用冒號，詩眼落在「交通安全」，與蝸牛的「慢」有了扞格，反而讓通篇產生橫出之妙。

一題多篇，共構詩意

　　該詩集中，以〈蝸牛〉為題的小詩另有兩篇，一首讓時間與距離對比，一小時才走五寸半，足見其「慢」；另一首不比「快」，側重牆頭上的風景，通篇可以看成一個倒裝句，沒有引號，但使用破折號，獨白由直接轉為間接，擴大了敘事向度。若將三首〈蝸牛〉並陳，猶如三格獨幕連續成為動畫，時間與空間俱進。

　　如此「一題多篇」的例子不少，譬如〈白鷺鷥〉三首，其「飛」襯著青山綠水，最後「落在牛背上」，動態有了詩意的歇止。又譬如〈金魚〉，一首白描「芭蕾舞步」，另一首則以「玻璃缸裡的金魚」比喻「詩的存在方式」，末尾寫道：「只有心寂靜像／客廳寂靜／我們才能讀詩／像看金魚」，把寫詩與讀詩的自由與不自由全部融合在一個既靜且動的喻體之上。

探析楊喚與蓉子的童話詩國度

刊於2021年5月23日《國語日報・兒童文學版》

　　楊喚（1930-1954）與蓉子（1922-2021）都是台灣童詩創作先驅，楊喚的〈童話裡的王國〉與蓉子的〈童話城〉皆屬敘事詩，可以視為「童話詩」，前者六十二行，呈現中式寓言「老鼠娶親」的場景；後者九十八行，搭建「安徒生」的歐風城堡，再用二十八行的〈童話湖〉增廣，腹地愈形開闊。兩個國度的插圖同樣以亮黃為主要底色，曹俊彥用五個跨頁描繪，裝飾藍紫色彩帶，布置熱鬧的歡宴；羅子媛則用水彩渲染八個跨頁，人物剪貼當做近景與特寫，扁平的地貌便顯立體。

夢遊：呎尺與世外

　　從敘事結構來看，〈童話裡的王國〉開頭前九句中，有反覆兩次「騎著白馬走了」以及三次「留不住他」，點出狀況，分別的情緒透露無奈，引發懸疑，啟人疑竇：小弟弟為什麼急著走？霎時，「金銀城」的城門大開，答案隨即揭曉：原來是老鼠公主要出嫁！小弟弟要獨自趕往喜宴！於是，其餘詩句全在構築別處地域，鬱悶一掃，轉為爽快，送親的隊伍、賀喜的賓客，熱鬧哄哄，一夜暢歡，末尾卻戛然安靜，各自離開，但文句不提歸程，反而清點老鼠

國王的贈禮，留下喧騰迴響。

　　相較之下，〈童話城〉的時間軸拉得更長，翻日越夜且經年累月，因此提供更多細節。第一段，以「愛的城，夢的城，遊玩的城」綜括其屬性，「乘著小白鵝的小帆船緩緩地駛過去」出現選擇矛盾，後續的「飛越寬寬的大海」與「對準那一千個島嶼中最大的一個緩緩地下落」則證實這一趟旅行是「坐在大鵬鳥的翅膀上」。抵達後，經過「童話大道」，下榻「童話旅社」，小主角「甜甜」和「淘淘」首先瞥見童話城的絢爛夜色，翌晨即展開觀光行程，多方接觸城內動物與小朋友，感受「友愛和善良」，兩人暫住下來，四處走踏，在「安徒生廣場」歡慶兒童節，聽故事也說故事，彼此分享歡樂。故事尾聲以三段收攏，一段布列臨別禮物，一段寫返家後的回憶，末段跳到多年之後，姊弟倆把經歷「寫成了東方最出色的一本童話」，並成為小作家。

　　由交通工具解讀，楊喚以「木馬」提示小弟弟身在屋宇之中，「夢」遊呎尺之內，「金銀城」或為「老鼠窩」；而蓉子以「大鵬鳥」指稱高遠並隱喻志向，亦即，「童話城」乃兒童的紙上「世外桃源」，雖非遙不可及，有賴造化之筆。

留白：獨幕或連卷

　　就表現手法而言，兩個故事皆重描述，幾乎沒有對話，楊喚旁觀，通篇側寫人物並營造氛圍，以括號插敘的兩句好像自言自語，即「（晴藍的天也藍得亮晶晶的，藍得不能再藍啦！）」以及「（真的，這幸福的王國開遍了幸福的花！）」，卻在強調其敘述的真實性，具誇飾之效。蓉子陪同小主角親訪，有隨行報導之功，樣樣美麗，讚嘆連連，相關角色眾多，令人左顧右盼，難以聚焦。

　　就故事張力而言，〈童話裡的王國〉沒頭沒尾，卻如獨幕抽換，戲劇性頗強，在「高潮」處驟停，頓見闃靜，鑼鼓吆喝猶在耳邊，盪出想像空間；反之，〈童話城〉有頭有尾，恰似山水畫卷，連綿而朦朧，除了鳥兒興奮喊著：「歡迎，歡迎，來我們的城觀光。」活動往來，欣喜卻偏安靜，多為單向主觀形容。

　　依據蓉子在其序言中表述：童詩有雙重性格，即「兒童詩」與「詩的」；同樣的，「童話詩」也含雙重「文類」（literary genre），乃「童話」與「童詩」，因此，除了敘事分析，必得針對童詩的「意象」與「語言」究論。其一，「夢」遊意象：楊喚讓擬人的太陽公公和風婆婆串場，前半隱去時間，後半用酣醉代替「睡夢」，螢火蟲點出夜深；而蓉子將「安徒生銅像」置入其中，借用「兒童節」代表孩子的日常，顯然在宣告其「夢想」，亦即，分享「世界上最好的童話詩篇」。其二，兩篇均非韻文故事，蓉子所謂的「童話詩篇」，應指「如詩的童話」，乃故事情境，針對語言詩采縱覽，〈童話城〉的斷句形式未能產生流暢的和韻效果，因果與說明也抹滅「留白」之力；相較之下，楊喚在〈童話裡的王國〉裡善用語尾助詞，譬如呼喚的「小弟弟呀」、感嘆的「走遠了」，緊扣著代表聲音符碼的「小喇叭」，特別是接在動詞後面的語助詞，又譬如「敲開啦」、「跳舞了」、「回去吧」則成功串連虛詞形成共感的律動。

金子美鈴童謠中的花鳥風月

刊於2020年7月18日《國語日報・兒童文學版》

　　早逝的日本童謠詩人金子美鈴（金子みすゞ, 1903-1930）留下三卷童謠手抄本，由JULA出版局在1984年發行《金子美鈴全集》，共計512首作品；後於2013年其110歲冥誕時推出盒裝特輯，由矢岐節夫挑出180首作品，編成《我與小鳥與鈴鐺》、《向著明亮》與《走去這條路吧》，高畠純繪圖；及至2019年，繪本版的《鈴鐺、小鳥，還有我》、《金平糖在做夢》與《誰也不要說》出版，收錄29篇作品，插畫者皆是高畠那生。

　　同在2020年出版的兩冊中譯本，譯者同為田原，臺灣商務印書館的 *Days of My Past* 以副書名標註「512首詩，重返金子美鈴的純真年代」，不列目錄，沒有前後序言，讓讀者自行逡巡於行列。印刻文學出版的《金子美鈴詩選》則分為「小動物們」、「自然景色」、「那些日常」、「內心世界呀」、「不同碰撞」等五輯125首，書前的〈雲朵上的女神——金子美鈴其人其詩〉乃譯者導讀。

棲居於生活場景

　　以花為題的作品頗多，譬如〈牽牛花〉、〈荷花〉、〈桂花〉、〈山茶花〉、〈山櫻花〉、〈曼珠沙華〉等等，其中，〈桂

花〉僅僅兩段六句，第一段兩句「桂花的香／瀰漫庭園」，靜中取景，乍似平凡，精彩卻在後段，借風「相談」，妙趣頓生，末尾兩句原文「はいろか、やめよか／そうだんしてた」，是口語直說：「進去吧、不要吧／如此商量著」，譯文調整為間接敘述的「嘀咕著／是進還是不進」，風動的樣態不同。〈山茶花〉以問答聚焦，描述風中凋零，卻讓山茶自己「哄」（あやす）著想哭的天空，是小幅的傷逝之美，〈花瓣的海洋〉則寫大場面的落花，因為「全日本的花都謝了」。內容提及花朵的更多，此外，未揭花名的〈朝拜與花朵〉寫小孩駐足花店，〈花店的爺爺〉點出老人寂寞，金子美鈴冊封自己為〈花的使者〉，而在〈如果我是花〉當中，甚至把生氣的自己擬做凋謝的花兒。

　　金子美鈴藉著童謠「棲居」（dwell）於生活場景，好比〈我與小鳥與鈴鐺〉，各有所長，各有小小的安適與自在；「死亡」在其筆下亦如「雀」靜，他在〈麻雀與罌粟〉裡寫道：「小麻雀／都死了／罌粟還鮮紅地開」，因為不知情，罌粟才能燦笑吧，而在〈麻雀媽媽〉當中，小孩抓了小麻雀，小孩的媽媽笑了，麻雀媽媽卻只能站在屋頂上「一聲不吭」，此處譯文添加氣憤，卻不如原文「鳴かずに」的「無聲」來得內斂、深刻。

　　另有〈麻雀之墓〉寫微渺的死亡，造墓的「風言」被當做「笑話」，一陣雨下，或是哀憐，麻雀雖死，白花茁茁，詩人轉悲為喜，也因此領悟：這墓，建不了卻也丟不掉。

常用並列與串聯

　　前述花鳥作品裡，「風」擔任重要配角，但是將「風」放在詩題的作品僅有四首：〈午夜的風〉寫無聊、〈北風的歌謠〉寫孤

單；而在〈風〉的內文裡，未見「風」字，因為它化身「空中的牧
羊人」，在曠野追趕山羊；另一首〈水與風與孩子〉則如動畫，前
三段，定格於詩題中的「水」、「風」、「孩子」，以問句「咕嚕
咕嚕轉的／是誰呀」串接起來，鏡頭漸漸拉近，最後把焦點對準單
獨成段的一句，亦即「是想吃柿子的孩子呀」，令人噗哧一笑。

　　金子美鈴慣用並列與串聯的形式，譬如〈花與鳥〉並列繪本、
人群、花店，以「玩伴」串聯，又如〈孩子與潛水夫與月亮〉，並
列孩子、潛水夫、月亮，以「摘採」串聯。以月亮為主題的作品又
別具故事性，譬如〈月亮和雲朵〉，用「月亮踩過雲朵」描繪動
態，也擬人也寫景；而〈月亮和小偷〉當中，十三個小偷被月亮的
「美色」迷眩了，以致「忘了歸山的路／也忘了行竊的路」，畫面
生動，綺麗之月真有魔法！

　　詩題置入月亮的作品有12首，但「月亮」不時出沒別處，譬如
覓食的〈老鷹〉發現「正午的月亮」，引發揣測；在〈天空的大
河〉，月牙張帆；在〈草原之夜〉，月光撫草；在童話般的〈睡眠
火車〉裡，月兒高掛，俯視「夢之國」。除了上述的柔美意象，金
子美鈴還揭露月亮的殘酷面目，譬如〈積雪〉一詩中，月亮「冷冷
的」漠視雪的壓力，而在〈沒媽媽的小鴨子〉裡，月亮「結冰」，
池塘「封凍」，末尾的「怎麼能／睡得著呢」必是擔憂所以故意輕
描淡寫之語。

童詩大小眼：
以《五個媽媽》與《想和你一起曬太陽》為例

刊於2021年9月19日《國語日報‧兒童文學版》

　　報紙副刊上的童詩作者有「大」有「小」，從《國語日報》的版面來看，第七版「故事」的童詩作者皆為成人，不定期「為兒童寫詩」，而專為小學生設置的「快樂童詩花園版」，每週在第八跨第九版匯展佳作，另附「賞析」與「童詩教室」。另外，《人間福報》第十三版「少年天地」則讓大小作者同框，「小小詩人」的作品不時出現，「童詩童思」專欄大約每月一篇，有插圖描繪詩境。至於成冊的童詩集，幾乎是「大」詩人競技的場域，譬如《五個媽媽》與《想和你一起曬太陽》，以淺白語言表達凝鍊詩意是考驗之一，貼近兒童生活經驗是考驗之二，亦即，詩人必備「大小眼」，或再現或疊合不同「視界」之凡事或奇觀。

大眼睛，父母之愛

　　上述兩本詩集同屬「小孩遇見詩」系列，共收錄46篇詩作，其中，林夢媧的〈吃飯〉以媽媽的口吻說「每天都乖乖吃飯吧」，在〈睡前通話〉裡又叮嚀：「我不在的時候／你記得也要這樣做」；蔡文騫的〈給沛沛〉以爸爸的角度讚嘆「你是每天不斷長大的魔

法」，用四聲摹擬孩子「趴、爬、跑、碰」的成長進程，廖偉棠的〈小催眠曲〉則唱著：「孩子孩子，有更多浪尖／等待你大步流星越過」；另外，瞇的〈什麼聲音〉玩起親子遊戲，第一段兩句有注音符號與擬聲字，接著以兩個猜測堆高情緒，末尾的「你的屁股啦／是你的屁股在唱歌啦」，或單方結論或相互指證，皆令人爆笑。

這些詩篇的語言風格因詩人而異，但全書意境由插圖統一，在《五個媽媽》當中，插畫家陳宛昀將描繪焦點放在媽媽的形象，長髮、短髮、正面、側臉；插畫家三木森則讓同一個小男孩以相同裝扮出現在每一幅場景中，亦即，《想和你一起曬太陽》以一為千、為萬，以特例推知常情。

小眼睛，內在小孩

除了父母口吻，有更多詩作站在「我」的視角審度，譬如潘家欣的〈不要咬人〉，製造「好孩子」與「好蚊子」之間的類比想像與矛盾趣味；曹疏影的〈哭的時候〉，不直說「我」如何，而藉著「全世界」的膠水、雨、燕子、小馬替代形容，前半的張力疊加，顯見哭狀悽慘且耗時頗久，卻又隨即以簡單的「終於不哭了」迅速收尾，哭戲便停格於「草葉捲得正美，／蝴蝶停上去，／又靜又甜」，小主角全然一副無事人兒的模樣。

在〈眼睛、腳給我的詩〉當中，馬尼尼為讓「眼睛」和「腳」當先遣，「我」躲在後面，一起探入新世界，亦即「第一次上學」，起始的「一樣不識字」，中段的「腳／寫了一個痣」乃至「我聽著媽媽的腳步聲／就這樣寫好了詩」，以字、痣、詩的諧音，漸次解開詩題的意涵，末尾則點出關鍵：「我知道你沒在怕」，儼然一齣深奧的獨白。

上帝的眼睛，自然多采

　　暫拋父母身分，詩人也常常「入神」觀看小孩的舉動與周遭環境，譬如吳俞萱的〈朋友〉寫道：「你全身泥巴，我也認得你／／你變泥巴，我也認得」，兩段四句即鮮明勾勒兩個小孩的身心「狀態」，用語簡單卻十分傳神。蔡宛璇的〈誰醒過來了〉並列四組動態，以反覆的「一起大合唱」迴繞清晨，魚類、鳥類、昆蟲與人類的孩子一一睡醒，漸亮的天色襯托不同場景，本來抒情的氛圍到了末句的「所有的小肚子，一起大合唱」，頓時變成歡樂的騷鬧。

　　除了諸多溫馨、甜蜜的親子互動詩作，這兩本詩集當中，也有幾篇涉及嚴肅的主題，譬如林蔚昀藉由〈小步想看雪〉，帶出「全球暖化」的討論，散文化的長句問答，末尾的親子行動差異頗具諷刺意味；蔡宛璇的〈有鹿的島〉寫梅花鹿，工整的格式，如歌一般，以數數更迭環境、季節與生態，再現鹿群野生的過往，藏著保育議題。在〈死掉的我們，會再活過來唁〉中，「死亡」則是大剌剌的提了出來，不過，詩人瞇採擬人手法敘述自然界的死亡，用四分之三的篇幅揣想死亡威脅與恐懼，直到末段三句，稻子、花生、花與小草齊聲回答：「怕啊怕啊怕／可是死掉的我們／會再活過來喔」，如此肯定而樂觀的解疑，彷彿詩題的回音，縈繞不絕，叫人直視這些顫抖著勇氣的小生命都是如何挺立在風雨之下哪！

在裡面也在外面
──我的童話詩創作

刊於2017年2月19日《國語日報‧兒童文學版》，
2022年2月增補出版後續。

　　站在研究與創作重疊的立場，我常常琢磨「形式」與「內容」，若說個人閱讀偏好，安靜、帶著哲思的文字最能吸引我，可這⋯⋯麻煩大了！因為，在普遍認定該以淺語寫歡樂的童書界，我的「硬」筆將不時踩到地雷？

　　事實上，的確如此。

　　不過，正因理論與文本雙重滋潤，我的筆愛墨濡紙，固執於「創作」，一面鍛造語文，一面翻新「字」已，我的筆一直知「道」：實作驗證。亦即，每部作品都是筆「祭」。

　　以歲時念咒，我在筆下「詩」法，期待將童話與童詩揉合而成「童話詩」。

跳了一百篇的格子

　　在我的筆下，童詩主題很多，包括生活片段、時序與節令、人物、事件、景色等等，其中，借用童話角色的「互文」大抵便是創作「童話詩」的發端。寫著、寫著，身邊的小孩長大了，我「蹲

下」的時間慢慢變少，卻漸漸懂得「使喚」心中的小孩，但用著大人的「高度」採擷詩句。

大人寫童詩，就是得「天」啊！那麼，我的筆如何讓它「讀」厚呢？

變成童話吧！

一般來說，童話大多採用擬人手法（personification），《童話詩跳格子》亦然，由三十多種動物角色演繹童話。這本詩集包含二十首童詩，形式上屬於「分行詩」，押韻與對仗自由，字數與句數也沒有限制。最短的〈小老鼠的約會〉有二十行，包含兩句問句；最長的一篇是〈貓頭鷹咕咕掃〉，六十八行，曾經發表於2007年7月7日《國語日報·故事版》，幾乎占了整個版面，放在書中，達四頁之多，有「開頭、中間、結尾」，完整地說了一個故事。

從組詩邁向長篇敘事詩

單篇詩作，為了在報刊發表，行數約莫二十行左右，故事時空受到拘限，因此，七百六十行的〈風饅頭〉必須在「形式」上讓步，維持了「內容」，以「小節」敘述，先發表於《國語日報·故事版》，後來收入《貓不捉老鼠》，長詩乃恢復原貌，標記一個「敘事詩」的書寫紀錄。書中另有〈東坡君與西陵君〉，包含九個小故事，分篇刊登之後，入選《九歌104年度童話》，這個故事裡鑲入一首符合情境的詩作，而且出現兩次，詩中所論及的「在裡面也在外面」，指涉詩之「興、觀、群、怨」，隱喻語言在生活中的分量。

　　我的筆下實驗也包括「組詩」，用一條「故事線」將場景串接起來：第一輯〈公園繞一圈〉有二十首，第一至十九首為六行以內短詩，第二十首有二十行；第二輯〈溪遊記——小鴨大夢〉共十首詩，行數十至二十六行不等，合計一百七十九行。這兩篇作品先後於2008年與2009年獲得南瀛文學獎，透過虛實交融的地貌，傳達主角與周遭的關係。第三輯〈螞蟻爬來的小事〉則有十首詩，行數更多，十八至三十一行不等，其中〈書〉與〈感冒藥〉發表於2015年9月號上海世紀出版之《少年文藝》。這三輯組詩收入童詩集《螞蟻路線》，由秀威少年於2020年4月出版，筆者將其歸納為筆記形式的「觀察詩」。

以「詩小說」處理環境議題

　　相較於國外童詩集頻頻出版，國內的童詩集相對顯得「罕見」，偶有幾本，往往搭配大量插圖而成為「詩繪本」，為此，我以期刊小論文〈童詩集的表現形式〉點出童詩的出版窘境，並且調墨揮筆，從敘事長詩〈風饅頭〉推進到童話氛圍的小說：《天空之歌》，前者批判味濃，而後者冷靜且趨近奇幻。

　　詩性敘述，或可保持中立，但是，書寫生態與環境之時，議題理當深入，「童話詩」乃由「詩小說」取代，使「形式」與「內容」互補，因此，在《天空之歌》裡，我以短句、小段加快節奏，只用一首「主題詩」，讓人物專心「呼吸」。

萬無一「詩」？

　　不論單篇童詩或十首至二十首不等的組詩，「主題」是關鍵，

「意象」和「語言」則是要素。若要呈現「童話」樣貌，必得琢磨結構，亞里士多德在《詩學》中提及的「三段論」當為敘事詩的起手段式，看似簡單卻難，侷限但自由，考驗筆力調度。

不寫「稀」、「鬆」的童話，不寫「平」、「常」的童詩，如何能為「童話詩」固守詩篇的質地以及故事的趣味呢？我在筆下繼續「實驗」：譬如〈普羅米修詩〉，一篇童話加一首童詩，先行發表於2016年6月號《未來少年》，後來入選《九歌105年度童話》，完整內容付梓之後，這篇一萬字的《普羅米修詩》，恰可做為筆「祭」的新標識。

總之，所謂「在裡面也在外面」，又具體又模糊，亦即，「童話詩」得以任意並陳童話與童詩的特性。在童話裡置入幾首童詩，可展示創意樣貌，或點睛或延伸；如果只放一首，「反覆」能使聲韻迴響，文字猶如音符，朗讀起來，場景立體，人物亦隨之躍動。

童詩集的表現形式

刊於2015年6月《臺灣詩學學刊》第25期，頁213-225。

前言

　　相較於英文童詩集持續且大量出版，台灣童詩集的出版狀況相去甚遠，近年來，偶爾幾本新作仍有可觀之處，譬如林煥彰的《童詩剪紙玩圈圈》，剪紙創作先行完成，再由詩人為一幅幅的剪紙畫加上詩篇與導讀。寫詩時，詩人自稱「我」寫道：「每一條魚，都游入／我的眼睛」（頁66）；說詩時，詩人化做「小精靈」，指點文字與畫面的連結所在，除了參考畫面上的意象與元素，也抒發著詩人的生活經驗。又譬如林良的《我喜歡》，標榜其「詩歌繪本日記」的形式，內有八十首押韻的詩歌搭配甜美的插圖，以及四十個延伸活動設計，以四季生活為題材，期待小讀者日日讀詩。另外，已經出版多本成人詩集的李進文涉足童詩領域，其《字然課》結合漢字字源、大自然元素與圖像，另附光碟解說字的故事，二十四篇小小詩讀來也清新「自然」。

　　一般而言，童詩，大都是成人為兒童寫就，童詩集，往往也是大人詩作的競技場。譬如三民出版的「小詩人系列」共計二十冊，由陳黎、顏艾琳、向陽、蕭蕭等作家執筆，陳璐茜、施政廷、何

華仁、陳致元等繪製插圖，本本風格殊異，早於1998出版，多年沉寂，2013年發行二版，其中，蘇紹連的《穿過老樹林》汲取古典，融入舊詩一兩句，再創新「思」，希冀在時代嬗遞之時得以覓尋知音。

哲學家海德格（Martin Heidegger）強調詩學的「棲居」（dwelling），而將「寓所」（building）視為基本元素，詩人「用文字丈量自身存在的寬度」（Heidegger 219），那麼，詩集（collection of poems）便是詩作質與量的總和，是一種「表現形式」（form of expression），亦即，印刷紙本與詩作內容，兩者可以互相幫襯，吸引讀者關注進而閱讀。

是故，本論文採擷中外經典與現代童詩集，參酌出版趨勢，將童詩集表現形式分為詩輯、寓言詩、詩繪本、童話詩以及詩小說，分析書寫創意與編輯面向，同時為台灣的童詩集把脈。

一、詩輯

以美國亞馬遜網路書店（Amazon.com）而言，給孩子讀的詩（poetry for children）大致分成幾類：一為詩人專輯，譬如英國的莎士比亞、路易斯・卡洛以及葉慈，更多的是美國本土詩人，包括狄金遜、惠特曼、佛斯特與愛倫坡等，暢行經年，常有不同分量的新版發行。其次，名家選集中的重量級大書則有藍燈書屋（Random House）的《兒童詩選》（*The Random House Book of Poetry for Children*），依主題羅列，收入五百七十二首；克諾夫出版（Knopf Books）的《二十世紀童詩典藏》（*The 20th Century Children's Poetry Treasury*）亦彙整一百三十七位詩人的作品，疊出九十六頁的厚度。這兩本詩選分別出版於1983與1999年，迄今仍是禮物書的選項之

一。至於主題詩選，不外乎蟲魚鳥獸，或外向描繪大自然與季節，或內向探索自我與人際關係。第四類出版品是詩作的賞析與習作，用來教學與自學。

　　台灣網路書店所引進的英文兒童詩冊大抵也如此，納在兒童文學的次分類之下，詩、韻文、童謠並未細分，名家之作包括珍·尤蘭的《玩韻兒》（*Wee Rhymes: Baby's First Poetry Book*），畫風甜美，大部分是作者的創作，少數取材於《鵝媽媽童謠》，拿來朗讀、拿來搭配遊戲。而《昆汀·布萊克的韻文書》（*Quentin Blake's Nursery Rhyme Book*）乃1983年初版，2014年以平裝本重新進入書市，讓幽默大師昆汀·布萊克的插畫再現《鵝媽媽童謠》中的經典。台灣本土童詩經典則有《打開詩的翅膀——台灣當代經典童詩》收錄十家童詩，以及《樹先生跑哪去了——童詩精選集》在「唱歌小溪」、「奇妙星空」、「祕密森林」、「歡樂草原」四個單元之下，透過主編設定主題，藉由三十六首作品傳達台灣三代童詩詩人的文字內涵，約略可見不同時代的關注面向。

二、寓言詩

　　追溯西方文學源頭，不論模仿（mimesis）或再現（representation），皆在書寫生活，描繪人與環境互動，長篇史詩可能塑造了人類英雄，如《奧德賽》（*Odyssey*）中的奧德修斯（Odysseus）；篇幅較短者，則引介更多生靈，譬如初版於1668年的《拉封登寓言》（*Fables de La Fontaine*），原名《寓言精選——拉封登詩作》（*Fables choisies, mises en vers par M. de La Fontaine*）直接說明以詩寫就，以動物擬人，看似娛樂兒童，實則擔負教化責任，因此賦予動物各樣性情，其中，狐狸因為食肉與敏捷等生物性被塑

造成貪婪與狡猾。中世紀《狐狸的故事》（*Le Roman de Renart*）則大異其趣，用體型較小的紅狐狸（Renart）代表草芥之民，戲法百變，自尋生路，對比之下，體型較大的肥狼（Ysengrin），泛指日漸壯大而跋扈的資產階級，諷刺意味極濃，詩句往往兩兩成對、押韻，每句八個音節，是中世紀法國常見的文體。

英國桂冠詩人泰德・休斯（Ted Hughes, 1930-1998）也創作不少動物詩篇，他的第一首動物詩寫的便是〈思考的狐狸〉（"The Thought-Fox"），研究者因此將休斯詩中思想稱為「狐狸笑語」（the laughter of foxes）。其《童詩選》（*Collected Poems for Children*）收錄兩百五十首作品，本來獨立成冊的詩集如《美人魚的錢包》（*The Mermaid's Purse*）、《貓與布穀鳥》（*The Cat and the Cuckoo*）、《四季之歌》（*Season Songs*）等都被編納進來。該書厚達兩百七十二頁，形式自由，其中最短的一首詩〈黏魚〉（"Blenny"）寫道：「海洋的巨錘（Ocean's huge hammer）／敲碎自己（Shatters itself）／一切只為鍛鍊（All to forge）／這隻堅強的小精靈（This wiry wee elf.）」全篇雖然斷成四行，實為一句，對比海洋之大與黏魚之小，也生動狀擬了局勢之險。

三、詩繪本

圖畫書或稱繪本，在英、美與日本發展蓬勃，在台灣亦然，除了童書業者，不少公部門也出版特色繪本，譬如台南市的「南瀛之美」與新北市的「多元文化繪本」。詩人李長青的《海少年》則納入高雄市「遊繪本」系列，文字量少，插圖份量相對為重。插畫家以水之鏡像呈現「海市蜃樓」，帶出時間流動，也將大海描成女性姿態，詩文沒說的，交由插圖拓展。一只塑膠袋的自言自語：「在

海上漂浮／我一直懷著歉疚／我不應該／在這裡」則點出意旨與環境議題。

　　至於能寫又能畫的作者，譬如謝爾・希爾弗斯坦（Shel Silverstein, 1930-1999）的動物詩集全是「幻獸」（imaginary creatures），從靈感到化形，都在詩人腦中。閱讀原文，即可看見並聽見希爾弗斯坦大玩「命名」以及「押韻」。此外，原書名將內容定調為「奇想」（fantasy），有主角有事件，說來便成「敘事」（narrative），卻又依賴插圖，互相詮釋。譬如其中的二行詩〈偽裝獸〉（"Quick-Disguising Ginnit"）寫道：「瞧這快速偽裝的吉尼特／有沒有騙了你一分鐘呢？」（This is the Quick-Disguising Ginnit / Didn't he have you fooled for a minute?）詩句直白，必須搭配插圖才能誘發「凝視」（gaze）這個關鍵動作，產生作者與讀者互動的趣味，更進一步聯想到聖修伯里（Antoine de Saint-Exupéry, 1900-1944）在《小王子》（Le Petit Prince）一書中有關「帽子」與「大象」的辨思，領略希爾弗斯坦的「再現」企圖。

　　依此推論，文學作品往往承襲前人創意而各自拓展發揮空間，譬如林世仁的《古靈精怪動物》便是向希爾弗斯坦致敬之作，林世仁甚至幽默指出其動物園正是位於「《謝爾叔叔的古怪動物園》隔壁」。果然，對照兩座「動物園」便可發現，林世仁同樣將文字遊戲用在命名，也用在詮釋，除了描繪性的敘述詩句之外，林世仁加入對話，擴充了故事性。而全書令人目不暇給的拼貼與插圖交織，文字編排也成混搭，互不拘限，然而，插圖用色搶眼，比例過重，使得詩文不能「字」說「字」話，短少了一分抽象之美。

四、童話詩

英國作家羅德・達爾（Roald Dahl, 1916-1990）擅寫故事，也寫詩，作品大都意在顛覆與反諷，其中，《造反詩》（*Revolting Rhymes*）便在翻轉傳統童話，該詩集包括六個為人熟知的童話：〈灰姑娘〉、〈傑克與豌豆〉、〈白雪公主與七矮人〉、〈歌蒂菈與三隻小熊〉、〈小紅帽與大野狼〉以及〈三隻小豬〉，每一篇皆以韻文寫成，詩句押韻，帶出遊戲氣氛，部分情節似曾相似，結局卻出人意表，譬如〈三隻小豬〉中，豬小弟打電話向小紅帽求救，小紅帽改然允諾，持槍而往，不但將大野狼宰了披在肩上，也將豬仔製成皮包，難免引來「兒童不宜」之評。

相反的，台灣童話詩先行者楊喚則讓童話詩停駐在天真的國度，他的〈夏夜〉描繪了永遠的鄉情，2004年發行單首童詩繪本，先是精裝本，接著以套書上市，包括六首篇幅較長的童詩，搭配音樂、別冊與手扎，另有英文詩譯，更有兩種尺寸設計，《森林的詩》與《小紙船》是輕巧的小本，收錄短詩，方便攜帶。2014年則有《曹俊彥的楊喚童話詩畫：楊喚逝世六十週年紀念版》問世，將楊喚留下的二十首童話詩全部收錄其中。

直接以童話為名的童詩集則有蓉子的《童話城》，與書名同題的〈童話城〉敘述兩個小主角搭著小白鵝小帆船，橫越大海，抵達童話城，經過「童話大道」，入住「童話旅社」。全詩提及許多童話作家與角色，譬如安徒生與狼和羊，還有「童話狗」與「童話書」，處處可見「童話風景」，末尾更將這一次旅行回憶寫成「童話」，兩個小主角變成小作家。接續其後的詩篇，也以〈童話湖〉名之，主角自稱「我們」，應是前篇所指的「甜甜和淘淘」。這兩

篇詩作分別透過旁觀與主觀的敘事角度，呈現童話城景致，句子較長且無韻，故事成分大於詩，不易朗誦。此外，2009年的新版本實際上是從1967年舊版《童話城》詩集中選取上述兩首敘事詩，加上選自第一輯的十一首童詩，出版目的在於為文字譜曲，因此，該書後半為十一首童詩的樂譜，並附音樂光碟，雖曰意在傳承，徒然混搭了童話與童詩，甚至置入音樂家李泰祥小傳及其〈青夢湖〉與〈一朵青蓮〉兩篇樂譜，雖然文字仍為蓉子之詩，顯得十分突兀，完全破壞了詩集之初貌。

　　一般來說，童話大多採用擬人手法（personification），蘇善的《童話詩跳格子》亦然，由三十多種動物角色演繹童話，並在書名直接標誌「童話詩」的創作形式。該詩集包含二十首童詩，由於敘事，單首篇幅較長，譬如〈貓頭鷹咕咕掃〉達六十八行，除了保留單篇作品的獨立性之外，也在編輯規劃著力，依「主題意義」分成四組，加入「詩前導讀」與「詩後叮嚀」，可謂「融入了戲劇原理、誘導教育、創作方法」，因此，資深詩人蘇紹連在該書序言中寫道：「蘇善一方面延續了楊喚童話詩的創作特色，另一方面在呈現上則創造了童話詩的組構方式。」讓讀者在閱讀單詩作之外，發現形式與內容之間的聯結。

五、詩小說

　　詩的內容，有史詩的重，也有禪意之輕；在形式上，有長篇大論，觸及宗教議題，也有短詩篇篇，串出一個故事，只敘述一件生活瑣事。一般來說，童詩多半描述日常與歡樂，譬如《釣魚去》（Gone Fishing），全本皆詩，可以稱為「詩小說」；相反的，「小說中的詩」，詩的份量極小，譬如《哈比人》（The Hobbit），詩句

置入故事，沒有詩題。

在《哈比人》小說中，托爾金（J.R.R. Tolkien, 1892-1973）寫就十三首詩歌，讓矮人、精靈與哈比人各自讚頌景致不同的家園。矮人首先出場，吟唱詩句，以心靈之眼遠眺「孤山」（lonely Mountain），歌聲前導，穿越迷霧山脈，隨即動身前往惡龍盤據的地洞（Tolkien 14）；而驚險的旅程最後，精靈重返仙境，主角比爾博（Bilbo）則回到茵茵山丘，心情愉悅，詩句除了描述返家悸動，也回溯了這一次意外的旅程（Tolkien 273）。這一部小說，經過電影改編，注入視覺元素，詩句化做螢幕上的景象，想望變得具體。小說中的詩歌其實早被收成別冊，以圖畫書的形式在1993年出版，搭配托爾金親筆繪製三十幅插圖，約八公分正方，恰可置於掌上，份量雖小，卻為起伏的情節營造了迷人氛圍。

相較之下，威辛爾（Tamera Wissinger, 1978-）於2013年出版的《釣魚去》，用小主角山姆（Sam）的口吻寫詩，四十一個篇章，各有詩題，分開讀，每一篇都是一個場景的描繪，串連起來，便是一次完整的釣魚記事，從抓餌到前一晚的興奮難眠再到末篇的抒情感懷，包括圖像詩、藏頭詩、對白詩等等，展現了各種「詩」寫技法。譬如，其中的〈釣魚咒〉（"A Fishy Spell"）寫道：

> 叫一隻蟲爬上你的鼻子
> 　好多水蛭鑽過的腳趾
>
> 叫你的指甲卡垢
> 　一隻蟲飛上你的裙頭

叫你的生日禮物只有木炭
　你聞起來像個髒兮兮的怪漢

叫你踩進黏呼呼的糞裡
　日子冷吱吱的凍在一起

叫一隻海鷗來搶
　然後丟一顆炸彈在你的湯

叫你長出一根鬍子像膝蓋
　朋友就會笑你是怪胎

如果你拿走我的釣具
　叫你骨頭顫抖，山姆我不允許（Wissinger 13）

　　這是一首標準的十四行詩，兩句一段，分段押韻，形式看來中規中矩，內容卻是荒誕不羈，時而調皮時而惡毒，一如詩題所言，這是充滿殺傷力的咒語，施法於蟲、水蛭，甚至用了炸彈！由於深怕期待落空，乃出此下「咒」，狠勁十足，可見小主角山姆是非常認真的。

　　該書中，詩篇獨立，實際上是由三個角色互動而生，以清單（list）以禱詞（pray），或三行或六句，說演了一段溫馨的家庭活動，包括準備細節、心情變化以及突發狀況，有人物、情節、場景、也有故事高潮，透過詩的形式，完整呈現一部小說的樣貌。書末附錄羅列技法指引，便利讀者，除了讀詩，也可以理解詩篇架構，進而學習寫詩，威辛爾的詩小說《釣魚去》因此別具風格，一幕幕獨立卻連貫，演譯劇情。

結論

　　裴利・諾德曼（Perry Nodelman, 1945-）在其著作《畫圖——兒童圖畫書的敘事藝術》中分析，文圖互有「下錨」（to anchor）作用，圖畫有時說得比文字少，有時說得比文字多，有時可能改變了文意（Nodelman 193）。若延伸羅蘭・巴特（Roland Barthes, 1915-1980）「作者已死」的說法，即讀者有各自想像及解讀文字的能力與權利（Barthes 49），問題是：「小讀者能否自行想像？」因此，兒童文學作品佐之以圖幾成常態，中外皆然，童詩集也是。

　　依文學評論家哈洛・布魯姆（Harold Bloom, 1930-）之見，詩是比喻的語言（figurative language），透過反諷、提喻、明喻與隱喻，再現新意（Bloom 1-3）。艾略特（T. S. Eliot, 1888-1965）則認為，詩中有三個聲音：詩人對自己說話或者自言自語的聲音、詩人對讀者說話的聲音，以及詩中角色說話的聲音（Eliot 96）。那麼，對於配上插圖的童詩集來說，多了繪者的聲音，本來亦無不可，不同比例的圖畫或能展演視覺繽紛，就怕圖畫一旦將詩中符碼或脈絡具體描摹出來，淺白的詩句再也無法「字」己說話，特別是圖畫分量極重的童詩繪本，想像「下錨」於圖畫，意象固定下來，畫面只剩一幅，文字延異的空間便侷限在圖畫框裡了。

　　即便插圖的份量不盡完全反映讀者偏好，詩集的表現形式或可觀察出版力，察覺童詩的困境。西洋童詩主訴宗教與教育之源頭甚遠，今日已然走入日常，不受格律拘限，喜愛趣味，側重敘事，因此，詩人反而能夠建立「字」己的風格，譬如休斯的諷喻以及希爾弗斯坦的戲擬。是以，艾略特指出，詩人對於讀者的責任是間接的，相反地，詩人的直接責任在於「語言」（language），

除了「保存」（preserve），更要在「拓展」（extend）與「精進」（improve）兩方面下工夫（Eliot 9）。由此看來，詩集的印刷形式更應超越單篇之作，晉升為文字美學之展演，讓整本詩集得以表現詩人的書寫風格。

　　然而，台灣目前的童書出版景況嚴重失衡，繪本蓬勃，可謂一枝獨秀，文字漸居次位，相較於英文童詩集的多樣表現，台灣幾乎沒有童詩文字獨立出版的前例，篇幅較長或內容較深的寓言詩、童話詩與詩小說則非常少見，研究書目十分有限，令人氣餒。就出版立場而言，或有銷售壓力，不過，樂觀來看，也許這正是值得耕耘的一方邊土，應該假以時日，戮力其中。

兒童文學58　PG2741

在裡面也在外面：
蘇善讀評兒童文學

作　　者／蘇　善
繪　　圖／蘇　善
責任編輯／姚芳慈、孟人玉
圖文排版／黃莉珊
封面設計／劉肇昇
出版策劃／秀威少年
製作發行／秀威資訊科技股份有限公司
114 台北市內湖區瑞光路76巷65號1樓
電話：+886-2-2796-3638
傳真：+886-2-2796-1377
服務信箱：service@showwe.com.tw
http://www.showwe.com.tw

郵政劃撥／19563868
戶名：秀威資訊科技股份有限公司
展售門市／國家書店【松江門市】
104 台北市中山區松江路209號1樓
電話：+886-2-2518-0207
傳真：+886-2-2518-0778

網路訂購／秀威網路書店：https://store.showwe.tw
　　　　　國家網路書店：https://www.govbooks.com.tw
法律顧問／毛國樑　律師

總經銷／聯寶國際文化事業有限公司
221新北市汐止區康寧街169巷27號8樓
電話：+886-2-2695-4083
傳真：+886-2-2695-4087

出版日期／2022年4月　BOD一版　定價／220元
ISBN／9786269516667

秀威少年
SHOWWE YOUNG

讀者回函卡

國家圖書館出版品預行編目

在裡面也在外面 : 蘇善讀評兒童文學 / 蘇善著. --
一版. -- 臺北市 : 秀威少年, 2022.04
　　面；　　公分. -- (兒童文學 ; 58)
BOD版
ISBN 978-626-95166-6-7(平裝)

1.兒童文學 2.文學評論

815.92　　　　　　　　　　111001483